W0243131

© S. Haskell

Calixthe Beyala ist eine junge schwarzafrikanische Schriftstellerin, die in Paris lebt. Die Autorin ist in Frankreich sehr bekannt, und ihre Romane fanden dort ein großes Publikum und sehr viel Anerkennung bei der Kritik. Ihr neuestes Buch ›Assèze l'Africaine‹, in dem sie ihren eigenen Weg von Afrika nach Europa schildert, wurde kürzlich für den renommierten Literaturpreis *Prix fémina* vorgeschlagen.

Der kleine Prinz aus der Vorstadt. Der zehnjährige Mamadou Traoré, genannt Loukoum, ist der kleine Prinz aus der überwiegend von islamischen Schwarzen bewohnten Pariser Vorstadt Belleville. Bis er in die Schule kam, war Loukoum immer davon ausgegangen, daß jedes Kind zwei Mütter hat, denn sein Vater Abdou hat schließlich auch zwei Frauen – M'am und Soumana. Richtig kunterbunt wird's aber erst, als eines Tages eine dritte Frau vor der Tür steht ...

Mit der Pfiffigkeit und dem naiven Charme eines Zehnjährigen schildert Loukoum das Leben seiner Familie, seiner Nachbarn und Schulkameraden: ihre Armut, ihre ungesicherten Existenzen, ihre Ängste, aber auch ihre menschlichen Stärken, ihr Solidaritätsgefühl, ihre überbordende Lebenslust – ein Stück schwarzes Afrika mitten in der europäischen Zivilisation.

Calixthe Beyala

Der kleine Prinz aus der Vorstadt

Roman

Aus dem Französischen
von Christopher Mischke

Fischer Taschenbuch Verlag

Deutsche Erstausgabe
Veröffentlicht im Fischer Taschenbuch Verlag GmbH,
Frankfurt am Main, März 1995

© Fischer Taschenbuch Verlag GmbH,
Frankfurt am Main 1995
Die französische Originalausgabe erschien unter dem Titel
›Le petit prince de Belleville‹
bei Éditions Albin Michel S. A., Paris
© Éditions Albin Michel S. A., Paris 1992
Gesamtherstellung: Clausen & Bosse, Leck
Printed in Germany
ISBN 3-596-12322-4

Gedruckt auf chlor- und säurefreiem Papier

Ich heiße Mamadou Traoré laut Geburtsurkunde; aber ich werde von allen Loukoum genannt. Mein Alter gebe ich offiziell mit sieben Jahre an; nach afrikanischer Zeitrechnung bin ich allerdings schon zehn. Das Ganze dient dazu, daß ich in der Schule nicht hinterherhinke. Übrigens bin ich nicht nur der Größte in meiner Klasse, sondern auch der Stärkste. Das ist ja normal, da die Schwarzen stärker sind als irgendwer sonst. So ist das eben. Ich wohne in der Rue Jean-Pierre Timbaud Nr. 92, fünfter Stock, ohne Aufzug. Wir sind eine ganze Menge Leute, und wer sich dort auskennt, weiß, daß es in dieser Ecke nur so wimmelt von Sippen, die aus Afrika kommen und auf engem Raum zusammenleben, ohne daß dabei jemand zu kurz kommt. Solidarität verpflichtet.

Ich bin doch immer brav gewesen.

Also, falls mir jemand einen Hinweis geben kann, damit ich herausfinde, was mit mir los ist...

Diesen Herbst, nachdem mein Vater zur Arbeit gegangen war, habe ich gehört, wie meine Mütter sich gezankt haben.

Meine Mütter? Nun, ich habe zwei davon, und sie sind der Grund für den ganzen Krach und das Durcheinander. Es ist ja bekannt – es stand in den Zeitungen: Ein Schwarzer, der zwei Frauen und einen Haufen Kinder hat, um Kindergeld zu bekommen. Das hat einen Riesenwirbel gemacht. Ich war platt! Verflixt! Wie hätte ich denn wissen sollen, daß alle Männer nur eine Frau, und ein Kind nur eine Mutter hat? Ich dachte immer, daß alle anderen in der Schule auch zwei Mütter haben, aber ich habe nie mit ihnen darüber geredet, da ich das nicht durfte.

Aber es ist wohl besser, wenn ich von vorn anfange und erzähle, warum meine Mütter sich gezankt haben. Es war, weil ich nicht lesen konnte und die Lehrerin, Mademoiselle Garnier, mich sofort vorgeführt hat, so wie Lehrerinnen es immer machen. Die sind vielleicht lustig. Ich weiß nicht wie das kommt, aber die sind alle gleich. Immer stellen sie einem die gleichen Fragen, und wenn ich ihnen erkären will, daß wir nun mal den Koran lernen und daß das gesamte Wissen dieser Erde im Koran enthalten ist und daß mein Vater nur nach Allahs Willen handelt und daß ich eigentlich schon deshalb nicht lernen muß, weil die Frauen sowieso mal für mich schuften werden, dann sehen die Lehrerinnen sich kopfschüttelnd an und sagen: »O wie schrecklich. Der arme Junge.«
Jedenfalls hat Mademoiselle Garnier, die Lehrerin, mich gefragt, wo genau ich denn wohne, was mein Vater und meine Mutter machen, ob ich lesen und schreiben kann und so weiter, und als ich geantwortet habe: »Und wie ich lesen kann«, da hat sie mir dieses Buch gebracht, um zu sehen, ob das stimmt. Ein prima Buch übrigens, zumindest nach dem, was ich kapieren konnte. Es handelte von einem Jungen, einem kleinen Prinzen, der einen Hut sieht, der sich in eine Schlange verwandelt, und das war klasse. Was würde ich nicht alles dafür geben, es noch einmal in die Hände zu bekommen, um zu wissen, wie es ausgeht... Wenn jemand das Ende kennt, soll er mir an die oben angegebene Adresse schreiben.
Um noch einmal auf Mademoiselle Garnier zurückzukommen: Als sie gesehen hat, welche Schwierigkeiten mir das Lesen von dem Buch bereitet hat, hat sie ihre Brille zurechtgerückt, mich angesehen und gesagt: »Hm... hm... das dachte ich mir!«
Es stimmt schon, daß es nicht wie geschmiert lief. Nicht daß es schwierige Wörter gewesen wären, aber der Typ, der es geschrieben hat, hat ellenlange Wörter benutzt, zusammengesetzte und wieder zusammengesetzte Wörter.
»Mamadou, du hättest mir sagen müssen, daß du nicht lesen kannst«, hat die Lehrerin zu mir gesagt. »Haben dir deine Eltern denn nie beigebracht, daß ein kleiner Junge nicht lügen soll?«

»Erstens bin ich kein kleiner Junge. Und zweitens kann ich sehr wohl lesen, Mademoiselle. Nur, dieses Buch da, das ist so komisch geschrieben.«
»Willst du etwa behaupten, daß Saint-Exupéry die Regeln der französischen Grammatik nicht beherrscht?«
»Keine Ahnung, wer das ist, dieser Typ. Aber eins weiß ich, und das ist, daß sein Buch merkwürdig geschrieben ist und daß kein Mensch es kapieren kann. Passen Sie auf, ich werde Ihnen etwas zeigen.«
Ich hatte einen Kaugummi im Mund. Ich habe ihn auf die Spitze meiner Zunge gelegt und eine Blase gemacht. Sie ist geplatzt. Peng! Dann bin ich an die Tafel gegangen und habe etwas drangeschrieben und mit dem Finger draufgezeigt: »Hier«, habe ich zu ihr gesagt und ihr mit dem Finger gezeigt, wo sie lesen soll, »schauen Sie her«: *Wa-ilâhukum wâhidun, lâ ilâha illâ huwa ar-rahmân ar-rahîm.*
Da hat sie mir eine geklebt. Sie wollte einfach nicht glauben, daß ich das wirklich lesen kann. Dabei habe ich ihr nur gesagt, daß da vor ihrer Nase nichts anderes deutlich geschrieben steht als: »Euer Gott ist einer allein. Es gibt keinen Gott außer ihm, dem Barmherzigen und Gütigen.«
»Sehen Sie«, habe ich zu ihr gesagt, »Sie kapieren auch nicht alles.«
Daraufhin hat sie geantwortet: »Das ist ja wohl die Höhe!«
Das hat ihr dann gereicht. Sie hat gesagt, daß ein Junge, der nichts anderes als den Koran lesen kann, eine Schande ist und daß dies in Frankreich ein Ding der Unmöglichkeit ist und daß sie die Schulbehörde unterrichten und mich in eine Sonderschule stecken werde. Das hat mir natürlich nicht gefallen, aber ich konnte nichts machen und mußte wohl oder übel warten, bis mein Vater von seiner Arbeit bei der Müllabfuhr nach Hause kam.
Auf jeden Fall waren die übrigen Schüler in der Klasse gemein und haben angefangen Krawall zu machen und zu schreien: »Der kann nicht lesen!« All die Jungen so grölen zu hören, hat mich ganz fertig gemacht. Es ist ja wohl ganz schön traurig,

wenn man so intolerant ist. Nach der Schule hat M'am mich abgeholt. Dann hat es so etwas wie ein Treffen gegeben, mit der Lehrerin und mit dem Rektor der Schule, und M'am mußte sich ganz schön was anhören. Dann hat sie ihnen gesagt, daß sie alles tut, was sie kann, und daß sie nicht mehr von meiner Seite weicht, bis ich perfekt Französisch kann.
Ich habe in meiner Ecke gesessen und versucht, schnell noch ein paar Zeilen von dem Buch zu lesen, für den Fall, daß sie es mir wieder wegnehmen, und ich habe M'am gefragt: »Hast du schon mal etwas von Saint-Exupéry gehört?«
»Ja«, hat sie geantwortet. »Der steht im Koran, Vers achtzehn.«
Als die anderen das gehört haben, sind sie über sie hergefallen, und genau in diesem Moment hat sich ihr Magen bemerkbar gemacht. Sie ist nämlich eine ganz zarte Person – vornehm und so. Nur hat sie so ein komisches Gluckern im Magen, und jedesmal, wenn es passiert, hält sie sich die Hand vor den Mund und sagt: »Entschuldigung.« So etwas den ganzen Tag ertragen zu müssen, ist ganz und gar nicht lustig. Ganz und gar nicht. Noch dazu hat sie ein Fibrom. Es ist sieben, acht Jahre her, da hat sie es sich mit noch ein paar anderen Sachen wegmachen lassen, und diesem Idiot von Arzt ist nichts Besseres eingefallen als zu sagen, daß dies das größte und schönste Fibrom sei, daß es je gegeben hat, außer jenem, das, was weiß ich wer, aus dem Uterus eines Elefanten entfernt hat. Jedenfalls ist M'am so stolz auf diese Geschichte, daß sie das Fibrom mit nach Hause gebracht und es in ein großes Glas gelegt hat, um es allen zu zeigen.
Einmal hat sie – aus Versehen natürlich – einer Sozialarbeiterin die Tür geöffnet. In ihrer Verlegenheit hat M'am der jungen Frau sechs Stunden am Stück und ohne Luft zu holen von ihrem Fibrom erzählt. Schließlich hat ihr die Sozialarbeiterin einige Formulare zum Ausfüllen gegeben und gesagt, daß sie die nach ihrem Urlaub wieder abholt. Im Lauf der Zeit haben sich die Leute darauf eingestellt. Anstatt M'am aus dem Weg zu gehen oder sie nur zu fragen: »Wie geht's, Madame Traoré?«, fragen sie: »Wie geht es deinem Fibrom?«

Dann lächelt M'am übers ganze Gesicht und sagt: »Sehr gut, danke.« Anschließend geht sie, mit einem spitzbübischen Ausdruck im Gesicht, zu einem anderen Thema über.
»Können Sie sich das vorstellen?« hat M'am den Rektor und Mademoiselle Garnier gefragt. »Ein sieben Kilogramm schweres Fibrom? Nicht einmal unsere großen Männer haben bei ihrer Geburt so viel auf die Waage gebracht. Höchstens drei Kilo waren die schwer. De Gaulle, Mitterrand, Alain Delon, Johnny Hallyday, Mireille Mathieu, Dalida.«
Da mußte der Rektor schlucken, und er hat gesagt: »Tut mir leid, Madame Traoré, aber wenn wir jetzt auf Ihren Sohn zurückkommen könnten?«
»Mein Sohn? Ach der, Herr Rektor, das können Sie nicht verstehen. Ständig hockt er über irgendwelchen Büchern! Den ganzen Tag, Herr Rektor! Wenn er so weitermacht, dann weiß er bald mehr als eine Sozialarbeiterin.«
»Madame, lassen Sie uns zur Sache kommen. Wenn Sie wollen, daß Ihr Sohn in der Klasse mitkommt, dann wird es Zeit, ernsthaft etwas zu unternehmen...«
»Sagen Sie das nicht, Monsieur, sagen Sie das nicht, mein lieber Herr Rektor... Das ist Rassismus! Jawohl! Rassismus!«
»Madame...«
»Sagen Sie nichts mehr! Na, also, so was! Wer hätte das gedacht!«
»Madame, alle Kinder hier...«
»Nicht alle Kinder, Herr Rektor. Nicht alle Kinder... Mein kleiner Loukoum ist so lieb! Geben Sie ihm eine Chance und Sie werden es nicht bereuen. Bestimmt nicht!«
Und M'am hatte Tränen in den Augen, allein vom Erzählen, wie lieb ich bin.
Das hat dazu geführt, daß sie noch einige Zeit hin- und hergeredet haben. Letztendlich haben sie sich mit M'am geeinigt und mir erlaubt, in der Klasse von Mademoiselle Garnier zu bleiben. Aber sie haben M'am gewarnt, daß, wenn ich bis zum Ende des Halbjahres nicht lesen und schreiben könne, sie mich endgültig auf die Sonderschule in Antony schicken würden. Nach Antony

dachte ich ... Das kam mir schon komisch vor, da wir ja noch nie dort gewesen sind, aber ich habe nichts gesagt.

Wir sind aus der Schule rausgegangen. Draußen war der Himmel voll, das heißt völlig verhangen. Es war drauf und dran zu regnen. Ich habe die Wolke rüberkommen sehen. Sie war schwarz und breit, und sie hat sich dermaßen geringelt, daß ich nicht sehen konnte, wie sie weiter verlaufen ist. Wir sind gerannt, aber das Gewitter hat uns eingeholt. Dann haben wir uns im Café von Monsieur Guillaume untergestellt.
Monsieur Guillaume hat kleine schwarze Augen, eine Hakennase und einen grauen Bart, der sein ganzes Gesicht bedeckt. Er hat einen Bauch wie eine schwangere Frau, und seine struppigen Haare fangen schon an grau zu werden.
Als er uns sieht, strahlen seine Augen vor Freude, und M'am fragt: »Wie läuft das Geschäft, mein lieber, lieber Guillaume?«
»Schlecht! Wegen der Rezession in diesem Land läuft es überhaupt nicht. Mein Umsatz ist um die Hälfte gesunken. Die Schwarzen gehen nicht mehr aus, also ...«
»So ein Pech«, sagt M'am.
Monsieur Guillaume schüttelt den Kopf wie jemand, der die Welt nicht mehr versteht: »Außerdem sind die Bullen wirklich überall, was die Lage nicht unbedingt verbessert. Hoffentlich verjagt man mir nicht auch noch den da«, fügt er hinzu, während er seine Augen nach links rollt.
Kaum haben wir den Kopf gedreht, um zu sehen, wen er meint, da steht derjenige auch schon auf. Es handelt sich um Monsieur Kaba.
Monsieur Kaba kommt aus Guinea. In Paris ist er der bestangezogene Mann, den man sich vorstellen kann. Er trägt rosa Hemden und teure Seidenkrawatten. Er ist der größte Zuhälter unter den Schwarzen von Belleville. Bei ihm sitzen sein Leibwächter, Monsieur Richard Makossa, und noch zwei Mädchen. Eine von beiden kenne ich ganz gut. Sie heißt Tatiana. Sie ist natürlich kein richtiges Mädchen, weil sie falsche Brüste hat und keine Kinder bekommen kann. Das andere Mädchen kenne ich nicht.

Sie hat rote Haare. Sie trägt ein ziemlich kurzes Trikot mit einem Gürtel und Stiefel. Sie sieht verdammt gut aus. Man merkt gleich, daß Monsieur Guillaume sie sehr süß findet.
Monsieur Kaba kommt zu uns, beide Hände nach vorn gestreckt, seine Zigarre im Schnabel. »Sieh mal an, wer uns da besucht! Madame Traoré persönlich!«
Er küßt M'am auf die Wangen und fragt: »Na, was gibt's denn Neues, meine Liebe?«
»Nichts Besonderes, mein Freund... Und bei dir, alles in Ordnung?«
»Ja... Bis auf die Faschos, die uns auf den Wecker gehen. Sie wollen uns von hier verjagen, also...«
»Das schaffen die nicht«, sagt M'am. »Wir sind hier zu Hause. Mein Mann ist schließlich ein Kriegsveteran.«
»Dein Wort in Gottes Ohr, meine Liebe... Aber laß uns über angenehmere Dinge sprechen...«
Er zieht an seiner dicken Zigarre, bevor er fortfährt: »Ich hatte vor, dich demnächst mal zu besuchen... Ich habe schon lange keinen guten Reis mit Fisch mehr gegessen.«
»Wann immer du willst, mein Lieber. Du bist jederzeit herzlich eingeladen. M'am ist immer für dich da.«
»Ich weiß, ich weiß«, sagt er. »Aber wie geht es dem lieben Abdou? Wo ist der überhaupt?«
»Auf der Arbeit.«
»Na, also wenn ich eine Frau wie dich hätte, dann würde ich sie nicht eine Minute aus den Augen lassen! Nicht eine!«
»Wo ist denn deine Frau, Onkel Kaba?« frage ich.
»In Afrika.«
»Und warum bist du nicht bei ihr? Und wo sind deine Kinder? Warum sind sie nicht in Frankreich?«
Er antwortet nicht. Er läßt seine Zigarre aus dem Mund hängen und Asche auf den Boden fallen, ohne Rücksicht auf Verluste. Dann dreht er sich M'am zu und sagt: »Intelligent, dein Sohn.«
»Ja.«
Monsieur Kaba nickt verständnisvoll. »Der wird später mal ein

ganz Schlauer. Der stellt vielleicht Fragen! Vorausgesetzt, er findet immer jemand, der ihm antworten kann, dann weiß er wohl am Ende mehr als ein Polizeiinspektor.« Monsieur Kaba setzt sich wieder hin, und zu uns sagt er: »Kommt nehmt doch einen Moment Platz.«

»O nein! Das ist kein Ort für eine F... Ich meine für...«

»Nun, mein Freund! Was habe ich gesagt?« Monsieur Kaba dreht sich zu seinem Leibwächter, Monsieur Makossa, um. »Ich hab's dir ja gesagt! Nimm mal die meisten dieser gottverdammten rosa Ärsche, die ihre Zeit damit verbringen, sich auf unsere Kosten vollzufressen; die machen doch keinen Finger krumm, um ihr Geld zu verdienen. Aber die Weiber von daheim, das ist etwas anderes. Die schuften wie wild für ihre Typen. Ständig dabei, sich den Kopf darüber zu zerbrechen, was es zu futtern gibt! Zu wissen, daß sie die ganze Zeit am arbeiten sind, läßt einem das Herz vor Stolz anschwellen.«

Die beiden Mädchen an seinem Tisch haben sich bei diesen Worten angesehen, ernster geht es gar nicht mehr. Aber man merkt, daß es sie einige Anstrengung kostet, nicht zu lachen. Dann, mit einem Mal, fängt Tatiana an loszuprusten. Das Mädchen mit den roten Haaren ebenfalls. Und dann platzen sie vor Lachen. Sie lachen sich krumm und schief, so sehr, daß sie gezwungen sind, sich aneinander festzuklammern.

Tatiana wischt sich die Tränen aus den Augen. Sie lehnen sich an die Wand, halten sich den Bauch und krümmen sich vor Lachen. Vermutlich hört man sie noch meilenweit.

»Seht euch das an!« sagt Monsieur Kaba. »Sünde und Verderbtheit werden die Erde zum Bersten bringen!« Er runzelt die Stirn, hebt den Zeigefinger und fährt dann fort: »Die Stunde wird kommen. Ich warne euch! Armageddon ist nicht weit! Armageddon wird euch alle zerquetschen!«

»Wer ist das, Armageddon?« frage ich M'am.

»Keine Ahnung. Aber eins ist sicher, er hat ziemlich viel Kraft.«

In diesem Moment steht das Mädchen mit den roten Haaren auf.

»Wo gehst du hin?« fragt Monsieur Kaba. Sie antwortet nicht, als ginge ihr das alles am Arsch vorbei, und stöckelt zur Bar hinüber. Sie zieht sich einen Hocker heran und setzt sich an den Tresen.
»Nun ja...«, stöhnt Monsieur Kaba. »Jetzt ist es aber Zeit, arbeiten zu gehen. Das hast du hoffentlich nicht vergessen?«
Sie schaut sich um, und antwortet: »Mal abgesehen von diesen Krücken sehe ich niemanden hier. Wenn jemand kommt, der nach etwas aussieht, gib mir Bescheid.«
Die Augen von Monsieur Guillaume werden groß wie zwei Tischtennisbälle. Er öffnet den Mund, doch aus dem kommt nichts außer einigen *pff*... und *tsss*... Ich habe den Eindruck, daß er entweder lacht oder aber würgt. Aber wer kann das schon wissen?
»He, Alter«, sagt das Mädchen mit den roten Haaren, »roll die Zunge wieder ein, sonst wird dein Lätzchen naß.«
Monsieur Kaba sieht sie an. »Esther, ich meine, dir gesagt zu haben, daß du mit den Jungs so nicht sprechen sollst.«
»Schon gut, schon gut«, antwortet sie. »Dann langweile ich mich eben zu Tode.« Sie zündet sich eine Zigarette an, macht einen tiefen Zug, schaut auf ihre Beine und sieht Monsieur Guillaume an. »Na, was ist Opa? Hab ich irgendwo Pickel oder was?«
»Was? Äh... Nein. Einen kurzen Moment dachte ich, wir wären uns schon mal begegnet.«
»Wohl kaum!«
»Reg dich nicht auf«, sagt Monsieur Kaba und sieht Monsieur Guillaume dabei an. »Esther stammt aus einer der ältesten Adelsfamilien Frankreichs. Sie ist ein sensibles junges Mädchen, deren Verlobter bei einem Verkehrsunfall ums Leben kam. Sie ist ein wenig nervös, dafür muß man Verständnis haben.«
»Arme Kleine«, sagt Monsieur Guillaume zu Esther. »Das mit Ihrem Verlobten tut mir wirklich leid. Hier haben Sie eine Familie, und Sie können auf uns alle zählen, stimmt's Jungs?«
»Klar!« antworten die anderen.
Mademoiselle Esther gähnt und sagt: »Genau das, was ich brauche.«

In diesem Moment packt M'am mich am Arm und winkt. »Auf Wiedersehen zusammen!«
»Bleibt doch noch ein bißchen«, sagt Monsieur Kaba.
»Trinkt doch noch ein Gläschen«, schlägt Monsieur Guillaume vor.
»Wir müssen gehen«, erwidert M'am, »ich muß noch das Essen machen und ein bißchen aufräumen. Aber schaut doch demnächst mal bei uns vorbei, dann mache ich euch einen guten Reis mit Fisch.«
»Mit Vergnügen, Madame Traoré«, versichert Monsieur Kaba.
Wir gehen raus.
Draußen erwartet uns das Gewitter. Es schüttet aus allen Wolken und die Regentropfen machen einen Riesenlärm, als ob kleine Geschosse auf die Autos fallen würden. Wir sind fünfhundert Meter von zu Hause entfernt. Wir biegen in eine Straße ein und kommen dann auf der Rue Jean-Pierre-Timbaud raus. M'am läuft vorneweg. »Sie ist schön, diese Mademoiselle Esther«, sage ich zu ihr.
»Glaubst du, daß sie adlig ist?«
»Würde mich wundern.«
»Würde mich auch wundern. Aber sie hat ein Benehmen wie feine junge Damen.«
Vor unserem Haus bleibt M'am unvermittelt stehen und sagt wie zu sich selbst: »Diese Schnepfe!« – Als ob ich das nicht doch hören könnte.

Als wir nach Hause gekommen sind, saß mein Papa vor dem Fernseher. Er hat zu uns rübergeschaut, dann hat er umgeschaltet. Ich habe mich neben ihn gesetzt.
»Ist es wahr, daß die Faschos uns verjagen werden?« habe ich meinen Papa gefragt.
»Sei still!«
Danach hat er sich auf den Bildschirm konzentriert. Nachrichten im Fernsehen kann ich nicht leiden. Aber sie wollten und wollten nicht aufhören. Ich habe mir die Hände vor die Augen

gehalten, um nichts zu sehen. Im Fernsehen sind Leute, die einen Staudamm bauen, weshalb in diesem Gebiet die Indianer vertrieben werden, die dort schon immer gelebt haben. Bald drehen sie einen Film über diesen Typen, der 'ne Menge alte Frauen ermordet hat. Und Richter und Mörder werden von ein und demselben Schauspieler gespielt. Und wißt ihr, was sie mit diesem Abgeordneten machen, der einen Batzen Geld gestohlen hat? Gar nichts!

Das Beste ist immer noch, auf *Inspektor Malcolm* zu warten, der nach den Nachrichten kommt. Der ist so schlau, daß er am Ende immer gewinnt.

Sobald die Nachrichten vorbei sind, schaltet mein Vater jedoch den Fernseher ab. Noch bevor *Inspektor Malcolm* überhaupt angefangen hat. Dann hat er eine Kolanuß in seinen Händen hin- und hergerollt. Er hat sie geschält, hat reingebissen, hat gekaut und anschließend gesagt: »Der hat vielleicht Nerven, der Le Pen, dieser Rechtsradikale. Uns weismachen zu wollen, daß es unsere Schuld ist, wenn es in Frankreich nicht läuft. Also, sind wir hierher gekommen, um uns in ein gemachtes Nest zu setzen? Dieser Typ ist wirklich völlig abgedreht, ein Verrückter, und außerdem hat er keine Ausstrahlung. Laß dir gesagt sein: Ich bin ein ehemaliger Soldat. Dieser Le Pen war noch nicht einmal geboren, da habe ich schon für Frankreich gekämpft. Das war in den Schützengräben von Algerien. Die Hölle, mein Junge! Das kannst du dir gar nicht vorstellen! Die Hitze, die Stechmücken, die Krankheiten und die Gewehrkugeln, die einem um die Ohren gesaust sind. Und wenn ich jetzt tot wäre, hm? Sag, für wen wäre ich deiner Meinung nach gestorben, hm?«

Ich habe nicht geantwortet. Mein Vater hat *pff, pff* gemacht. Dann hat er seine Lippen aufeinandergepreßt und Kolasaft ausgespiehen, der wie an einer Schnur gezogen dicht am Fenstersims vorbeigeflogen und schließlich im Hof gelandet ist: Flick-flack!

»Für Frankreich! Es lebe Frankreich! Es leben die Franzosen!«

»Ist der Le Pen wirklich sehr böse Papa?«

»Ja! Bei den Nazis muß man auf alles gefaßt sein!«
»Was ist das, ein Nazi?«
»Ein gefährlicher Mensch. Ein Wahnsinniger.«
»Aber es gibt doch die Polizei, Papa. Die ist stärker als sonst jemand. Die werden ihn ins Gefängnis stecken.«
»Da verlaß dich mal nicht drauf, mein Junge! Die Bullen arbeiten für die, die zahlen. Wir schaffen es gerade mal so, das Geld für die Steuern zusammenzukratzen, nur damit diese Dickwänste es sich im Rathaus bequem machen. Nicht eine Polizeistreife ist zur Stelle! Wenn das so weitergeht, treibt es uns arme Würstchen dazu, eine Verzweiflungstat zu begehen und uns bei den Wahlen selbst als Kandidaten aufstellen zu lassen.«
Ich überlege und sage: »Es gibt ja noch Mitterrand, Papa, der ist dein Freund.« Papa antwortet nicht. Also fahre ich fort: »Er hat dir sogar deine Aufenthaltsgenehmigung gegeben.«
»Ja«, sagt er.
»Also?«
Papa runzelt die Stirn und sieht mich an. Ich überlege einen Moment, dann sage ich: »Du könntest ihm schreiben. Der ist doch stärker als irgend jemand sonst. Dann kann niemand kommen und uns verjagen.«
In meinem Kopf ist der Brief bereits fertig, aber aus wohlbekannten Gründen kann ich ihn nicht auf französisch schreiben. Er könnte folgendermaßen aussehen:

Sehr geehrter Herr Präsident,
zunächst einmal möchte ich Ihnen mein Beileid aussprechen für diese gemeine Konkurrenz, die da am Eingang Ihrer Haustür im Elysée-Palast rüttelt.
Erlauben Sie mir, Ihnen zu sagen, daß Sie meine volle Unterstützung haben. Ein kleines Zeichen von Ihnen genügt, und ich setze unerschrocken zum Sturm gegen diesen Feind an.
Der Mensch ist wahrlich undankbar gegenüber seinem Herrgott. Das wissen Sie selbst am besten. Der Mensch klammert sich zu sehr an die äußerlichen Dinge dieser Welt. Weiß er denn nicht,

daß sich am Jüngsten Tag die Gräber öffnen werden und über alles Bilanz gezogen wird? Weiß er denn nicht, daß der Herr an diesem Tag genau darüber im Bilde ist, wie es in den Herzen aussieht?
Monsieur Le Pen, unser Todfeind, behauptet, daß er uns alle aus diesem Land vertreiben wird. Aber ich vertraue darauf, daß Sie, der Sie über alle unsichtbaren und alle sichtbaren Dinge Bescheid wissen, es nicht zulassen werden, daß er seinen niederträchtigen Plan in die Tat umsetzt.
Mein Vater war ein Infanterist, ein französischer Kriegsveteran, den Sie vermutlich kennen, da Sie ihm 1981, als Sie Ihr hohes Amt erlangt haben, seine Aufenthaltspapiere überreicht haben. Falls Sie sich nicht daran erinnern, müssen Sie wissen, daß er ein großer Mann ist, mit grauen Haaren – dort, wo er noch welche hat. Er ist dünner als irgend jemand sonst, und wenn er sich im Spiegel betrachtet, dann sperrt er seine Augen auf, als könne er sich nicht sehen. Samstags und sonntags zieht er sich von Kopf bis Fuß schick an. Er zieht seinen Anzug an, überzogen mit Orden aus dem Krieg, und hält sich dann am Boulevard Ménilmontant auf. Wenn er nicht bei der Müllabfuhr arbeitet, macht er Turnübungen, um etwas kräftiger zu werden, aber er wird nicht kräftiger, wegen der Alltagssorgen. Ich sage das nur, um Ihnen zu zeigen, daß er kein Störenfried ist und auch überhaupt nichts ißt.
Was die Juden und die Araber angeht, da weiß ich nicht so genau Bescheid. Was aber die Schwarzen anbelangt, da kann ich Ihnen versichern, daß sie nichts besitzen, aber auch gar nichts, genau wie Papa. Es ist nicht Monsieur Le Pens Schuld, wenn er über uns nicht genau Bescheid weiß, denn es ist nun einmal so, daß jeder schön in seinem Arrondissement bleibt. Ich schlage Ihnen deshalb vor, einen Ausschuß einzuberufen, der die Aufgabe hätte, die Schwarzen in Not zahlenmäßig zu erfassen, besonders die, die in ehemaligen Dienstmädchen-Zimmern ohne Aufzug eingepfercht sind und lediglich durch übermäßiges Feiern die Möglichkeit haben, auf sich aufmerksam zu machen. Es gibt so viele, die sich illegal hier

aufhalten und keinen Job haben, daß es dem Präsident des Front National den Mund stopfen würde.
In der Hoffnung, daß Sie meinem Antrag stattgeben, verbleibe ich,

Hochachtungsvoll, Loukoum.

Es ist ja schon bekannt, daß ich ihm nicht allein schreiben kann, da das Französische ja unangenehmerweise diese ellenlangen zusammengesetzten Wörter hat. Also sehe ich meinem Papa tief in die Augen und frage: »Und?«
»Was denn, Loukoum?«
»Du schreibst ihm doch, oder? Sag, Papa?«
Er sieht mich an, knabbert ein Stück Kolanuß und dreht sich in Richtung Küche: »Gibt es vielleicht bald mal was zu essen in diesem Haus?«

*

Am nächsten Morgen ereignete sich folgendes: M'am fragt mich, was ich zum Frühstück möchte.
»Was gibt es denn überhaupt?«
»Brot, Corn-flakes, Marmelade, Butter, Tee, Milch und Kaffee.«
»Ist das alles? Keinen Brei, Beignets mit Bohnen, oder Mais?«
Ich fange an zu lachen. Ihr Bauch macht gluck, gluck! Und sie sagt: »Entschuldige bitte.«
Ich lache nochmal.
»Nein«, sage ich. »Ich will nichts von diesem Schweinkram. Gib mir bitte nur eine Schale Milch.«
M'am trägt ihr weißes Nachthemd, da sie ja gestern abend ihre ehelichen Pflichten zu erfüllen hatte. Ich finde, daß sie gut aussieht, mit ihrer schmalen schwarzen Hand, die aus dem Ärmel rausschaut. Aber im selben Moment erschrecken mich M'ams Adern, die einen ganz fein und die anderen geschwollen. Es ist, als ob mich irgendeine Kraft zu ihr hinziehen würde. Eigentlich würde ich diese Hand gerne packen, um meine eiskalten Finger zu wärmen, aber ich tue es nicht, weil ich ein Mann bin.

»Kann ich mich neben dich setzen, um meinen Tee zu trinken?« fragt sie mich.
Ich sage »natürlich« und nicke zum Zeichen des Einverständnisses. Sie schlägt eine Zeitschrift auf. Man sieht dort 'ne Menge weißer Frauen. Da sind einige, die lachen und dabei ihre Mäntel drehen und wenden. Und andere, die auf Motorhauben singen. Es sind auch einige dabei, die auf einem Fahrrad spazierenfahren und einem zuwinken. M'am blättert um. Aber sie sieht aus wie ein kleines unglückliches Mädchen, das sein Spielzeug nicht bekommen hat. Also schlägt sie die Zeitschrift zu und schmeißt sie in die Ecke.
Sie trinkt ihren Tee und macht sich an ein Stück von dem selbstgemachten Kuchen ran. Wenn sie Kuchen backt, riecht man es im Umkreis von etlichen Kilometern. Dieser hier hat das Haus im Nu in einen angenehmen Duft gehüllt. Sie streicht Marmelade auf ein Stück Brot, beißt einfach rein, schaut mich spitzbübisch an und sagt: »Willst du nicht was davon abhaben, Sohnemann?«
Ich zögere einen Moment, dann lehne ich ab. Aber es ist offensichtlich, daß ich eigentlich vor Lust danach vergehe. Sie zuckt mit den Schultern und trinkt einen großen Schluck Tee.
Jemand ruft nach ihr.
Wir sehen gleichzeitig hoch. Es ist Soumana. Sie hat ständig einen Zahnstocher im Mund, den sie von einer in die andere Backe wandern läßt und fragt: »Kann ich mit dir reden?«
»Jetzt gleich?«
»Ja, es muß sein.«
»In Ordnung.«
M'am steht auf, rückt den Stuhl zurecht und folgt ihr in die Küche.
Dann stürze ich mich auf den Kuchen und knabbere daran, gerade soviel, daß sie es nicht merkt. Man könnte meinen, eine Maus sei hiergewesen. Gerade als ich in aller Ruhe meine Schale Milch trinke, höre ich Schreie!
»Es ist deine Schuld! Und jetzt müssen wir Loukoum Nachhilfestunden geben... O nein! Ich habe schon genug geopfert... Und

wegen dir! Was zuviel ist, ist zuviel. Ich mache das nicht mehr mit. Wo willst du denn das Geld dafür hernehmen?«

»Meine Schuld war es, daß ich dich bei mir aufgenommen habe, das ja! Weil Abdou dich ja schließlich nicht gezwungen hat, mit ihm zu schlafen!«

»Doch, es ist deine Schuld!«

»Von wegen... Die Kinder waren ja noch nicht geboren. Du hättest noch abhauen können...«

Ich lasse alles stehen und liegen und sehe nach, was los ist. Ich verstecke mich hinter dem Vorhang. Ich weiß, daß ich für's Lauschen eine ganz schöne Abreibung bekomme, wenn sie mich dabei erwischen. Ich bin gespannt zu erfahren, warum sie sich so ankeifen. Soumana dreht mir den Rücken zu.

»Ich konnte nicht«, sagt sie. »Ich konnte nicht gehen. Abhauen! Wie ein Waschlappen, der zu nichts mehr zu gebrauchen ist! Meine Mutter hatte mich dir anvertraut! Du hast nichts getan, um mich zu beschützen. Nichts! Es kam dir gelegen, daß ich immer dran glauben mußte, weil du damals kein Interesse daran hattest. Du hast nichts gemacht, selbst als ich geschrien habe ›Hilfe, es tut weh‹. Und als ich das erste Mal schwanger war, da hast du nichts gesagt. Und als ich das zweite Mal schwanger war, da hast du auch die Augen davor verschlossen. Das dritte Mal hast du mich ständig angebrüllt. Ständig hast du mich angemekkert, du konntest es nicht lassen: Wollte ich den Tisch decken, dann war das Essen angeblich sowieso schon kalt. Wollte ich Frühstück machen, dann war es eigentlich schon Zeit für das Mittagessen. Was anderes hast du nicht gesagt. Nichts. Heute hast du mir auch nichts zu sagen. Gar nichts. Aber auch überhaupt nichts.«

M'am zuckt mit den Schultern. Sie seufzt. Sie sieht müde und traurig aus, und sie sagt: »Es ist niemals zu spät, ich schicke dich nicht weg. Aber wenn du wirklich gehen möchtest... Niemand wird etwas erfahren. Die Kinder sind noch zu klein. Es liegt an dir.«

»Nein, Madame! Niemals!« schreit Soumana mit einer bitterbösen Miene. »Du haßt meine Kinder... Ich kann sehr gut sehen,

wie du begehrliche Blicke auf sie wirfst, wenn du dich unbeobachtet fühlst… Und nun mußt du Loukoum Nachhilfestunden geben… Darf ich erfahren von welchem Geld, auf wessen Kosten? Auf Kosten meiner Kinder!«
»Loukoum ist auch dein Sohn.«
»Er ist der Sohn von niemandem hier, außer von seinem Vater. Niemandem hier hat der Bauch wegen ihm wehgetan. Er ist aus niemandes Muschi rausgekommen… Das weißt du genausogut wie ich.«
»Für mich zählt das nicht«, sagt M'am. »Ich habe ihn bekommen, als er ganz klein war und noch Daumen gelutscht hat. Er ist mein Geschenk des Himmels, da ich ja nicht ein einziges Mal schwanger war.«
»Wenn du willst, mach dir ruhig was vor. In Wahrheit bist du wie Abdou: Das einzige was dich interessiert, ist doch das Kindergeld. Ich mache das nicht mehr mit!«
In dem Moment ist bei mir der Groschen gefallen. Ich habe gar nicht gewußt, daß M'am nicht meine richtige Mutter ist. Ich habe ein Gefühl, als würde jemand mit einer Eisenstange in meinen Gedärmen herumwühlen. Dann habe ich mich an die Vorhänge geklammert, die Augen geschlossen und heftig, ganz heftig geatmet. Ich hatte Schmerzen, Schmerzen…
»Loukoum!« höre ich es schreien.
»Loukoum!«
»Alles deine Schuld!«
»Du meinst, deine Schuld!«
»Es sind meine Kinder. Und wenn es hart auf hart kommt, dann nehme ich sie mit.«
Da wurde es still. M'am sieht Soumana an, anscheinend ohne zu begreifen, was sie gerade gesagt hat. Dann spricht sie in ruhigem Ton weiter: »Du scheinst eins zu vergessen, nämlich daß offiziell ich die Mutter der Kinder bin… Wir sind hier in Frankreich.«
»Wenn das so ist, dann werde ich eben alles erzählen.«
»Jawohl! Geh schon… Auf… Geh singen, wo immer es dir beliebt, Judas… Aber ich sage dir eins, du wirst nicht so ein-

fach damit davonkommen... Ehrenwort! Allah ist nicht blind. Selbst die Luft wird bezeugen können, wie ich mit dir gelebt habe.«

Ich weiß nicht, was ich machen soll. Ich möchte weinen, aber Tränen sind heimtückisch: Wenn man sie braucht, sind sie nie da. Also gehe ich zum Fenster und schaue auf die Straße. Die Sonne scheint. Ich habe schulfrei. Ich denke, es ist ein guter Tag, um in den Garten zu gehen und auf dem Spielplatz ein wenig zu rutschen. Aber ich habe keine Lust. Ich habe zu gar nichts Lust. Ich bin völlig down.

»Loukoum«, sagt M'am und versucht mich in die Arme zu nehmen.

Ich weiche zurück. Ich habe Lust, jemanden umzubringen. Das kann nicht wahr sein, ich habe Lust, etwas Unrechtes zu tun.

»Loukoum, du bist mein Sohn, alles andere ist mir egal.«

»Nein!«

Ich habe sie beiseite geschubst, bin rausgelaufen, zur Tür raus und die Treppe runter.

Draußen war es kalt, trotz der Sonne. Ich bin weitergerannt. Es hat einige Zeit gedauert, bis ich merkte, daß es kalt war und ich nicht besonders viel anhatte. Und plötzlich stand ich vor dem Café von Monsieur Guillaume.

Dort saß Monsieur Laforêt. Monsieur Laforêt ist ein Franzose aus dem vornehmen sechzehnten Arrondissement. Er war ein Direktor, aber nach seiner Entlassung ist er nach Belleville umgezogen. Er hat Augen, mit denen er immer wohlwollend um sich blickt und die schon alles gesehen haben. Ich habe mich vor ihn hingesetzt und ihm ins Gesicht gesehen... Monsieur Laforêt sieht ein wenig müde aus. Er hat ein stark fliehendes Kinn, fast gar keins. Ich habe mehr als er. Seine Kleider sind ganz schmutzig. Wenn er sich nach vorn beugt, dann riecht er. Er lächelt mir zu und ich frage: »Monsieur Laforêt, warum machen Sie noch immer so ein freundliches Gesicht?«

Erst sagt er nichts, doch dann antwortet er: »Früher, als ich ein junger Direktor war, da hatte ich viele Freunde. Abends, nach der Arbeit sind wir in Restaurants gegangen, in Bars, wir haben

gefeiert wie die Wilden. Als ich meinen Job verloren hatte, da hat meine Frau mich verlassen, da sind meine Kinder weggegangen und meine Freunde verschwunden. Ich habe niemanden mehr. Es war niemand für mich da...«
Er starrt auf die Wand und ich sehe, wie seine Augen ein wenig feucht werden.
Monsieur Guillaume hat sich zu uns gesellt. Er trägt eine Latzhose und darunter ein Hemd. Als er uns ansieht, scheinen seine kleinen schwarzen Augen zu leuchten, sie erinnern mich an einen Seehund.
»Alles klar, Loukoum?« fragt Monsieur Guillaume.
»Ja.«
»Mußt du heute nicht zur Schule?«
»Heute ist doch Mittwoch...«
»Stimmt ja! Ich werde alt. Also zu meiner Zeit hatten wir immer donnerstags frei. Als ich jung war, da war das mein Lieblingstag. Von dem, was die Lehrerin, die Madame Goodman, erzählt hat, hab ich nie was kapiert. Sie sagte, die Erde sei rund. Nun, ich finde die Erde ist platt wie ein Pfannkuchen.«
Er lacht, dann zieht er ein gelbes Taschentuch aus seiner Latzhose. Daraus rieselt eine Art schwarzes Pulver. Völlig verdutzt schaut er darauf.
»Sowas aber auch«, sagt er, als würde er mit sich selbst sprechen, »wie ist denn dieser Pfeffer in meine Tasche gekommen? He! Jetzt erinnere ich mich, ich habe beim Frühstück etwas davon verschüttet. Hatschi!«
Ich bekomme etwas davon direkt in die Nase und muß niesen. Dann ist Monsieur Laforêt dran. Nur, daß der Tränen in den Augen hat. Monsieur Guillaume niest noch einmal und sagt: »Dieser verdammte Pfeffer aber auch!« Er fragt Monsieur Laforêt: »Soll ich dir etwas zu trinken holen?«
Monsieur Guillaume geht zum Tresen, kommt mit einem Glas Wein zurück und stellt es vor Monsieur Laforêt hin. Dann setzt er sich auf einen Stuhl und streckt seine Beine aus.
»Vielleicht weißt du es nicht«, sagt er, »aber der Wein da ist manch mal ein wunderbares Heilmittel. Auch wenn es keine

große Hilfe bei der Suche nach Arbeit ist, so hilft es aber mit Sicherheit, nicht ständig daran zu denken.«
Monsieur Laforêt dreht langsam den Kopf herum und sagt in einem traurigen Ton: »Du kannst das nicht verstehen. Ich, ich liebe Caroline. Schon immer und für immer. Ich kann sie nicht so einfach vergessen.«
»Dann klammere dich halt daran«, sagt Monsieur Guillaume, »und versau dir dein Leben!« Da hat Monsieur Laforêt vor sich hingeknurrt. »Sie hat nicht gezögert, dich bei den ersten kleinen Problemchen zu verlassen.«
»Das ist mir vollkommen egal...«
»Und dann dieser junge Liebhaber, den sie jetzt hat.« Monsieur Laforêt nickt, als würde er an etwas sehr Ernstes denken. »Und wer weiß, alter Freund, ob die drei Racker wirklich von dir sind.«
»Ich werde dir jetzt mal was sagen: Alle Kinder von Caroline sind von mir. Dafür lege ich meine Hand ins Feuer!«
Monsieur Guillaume räuspert sich. »Hör gut zu: Wenn du unbedingt ein Penner bleiben und dir die Birne zusaufen willst, weil eine Frau dich fallengelassen hat, bitte sehr!«
»Nicht Caroline hat mich fallengelassen, sondern die Gesellschaft.«
»Hör zu, mein Freund, ich halte zu dir. Es gibt wenige Männer, die ihre Frau unter diesen Umständen noch lieben würden. Aber es ist nun einmal geschehen, reiß dich ein wenig zusammen.«
Monsieur Guillaume ist aufgestanden, wir haben uns angesehen. Er hat sich geräuspert und zu mir gesagt: »Du kannst raufgehen, dein Freund Alex ist oben. Er ist dort zusammen mit einem neuen Freund. Geh schnell zu ihm. Dies hier ist kein Ort für einen kleinen Jungen.«
Ich bin gleich los. Ich habe meine eigenen Probleme, und außerdem habe ich die Nase voll davon. Ich hatte jetzt bestimmt keine Lust, ihnen zu erklären, daß ich nur wegen des Kindergeldes ins Land geholt worden bin. Also bin ich um den Tresen herum und auf allen vieren die Treppe zu meinem Freund Alex raufgekrabbelt.

Ich kenne Alex seit meiner Geburt. Wir gehen beide in die Klasse von Mademoiselle Garnier. Alex ist der jüngste, der jemals von der Schule geflogen ist. Er hat die anderen so oft verprügelt, daß die Lehrerin ihn, als er vier Jahre alt war, nach Hause geschickt hat, mit der Erlaubnis gleich dortzubleiben und gar nicht erst wiederzukommen. Monsieur Guillaume mußte ihr einige Bakschische zustecken, echte natürlich, und obwohl er keine Lust dazu hatte, hat er ihr freundlich zugelächelt, wie man es manchmal bei den Politessen wegen der Strafzettel macht, und das alles, damit sie die zuvor genannte Erlaubnis wieder zurücknimmt. Aber trotz allem sind wir Brüder. Natürlich keine echten Brüder, aber sogenannte Milchbrüder, wie man drüben in Afrika so schön sagt. Als wir klein waren und geschrien haben, ist M'am nichts Besseres eingefallen, als uns die Brust zu geben, obwohl doch gar nichts mehr da war, womit wir den Durst hätten löschen können. Hauptsache wir waren still.

Um euch die Wahrheit zu sagen, Alex' wirkliche Eltern kennt keiner. Er ist ein kleiner farbiger Weißer von der Fürsorge. Monsieur Guillaume hat ihn adoptiert und problemlos großgezogen, bis seine Frau, eine dicke Negerin, an irgend etwas gestorben ist. Sie konnten keine Kinder kriegen. Monsieur Guillaume kümmert sich um ihn, ohne sich groß Gedanken deswegen zu machen. Er weiß nicht einmal, ob Alex aus Mali, Senegal oder Kamerun kommt. Er legt großen Wert darauf, daß er viel mit Schwarzen zu tun hat, damit er sich nicht entfremdet. Normalerweise kommt Alex Freitag abends nach der Schule heim, und jeder freut sich, einen kleinen weißen Schwarzen zu sehen. So eine Art Zebra eben! Mein Papa sagt immer, so wie der aussieht, könnte er schwören, daß er der Sohn von einem Weißen und einer Schwarzen ist. Mein Papa lehrt ihn unsere Religion, damit er nicht ohne den Koran aufwächst; denn selbst wenn Alex bis zu seinem Tod in Frankreich bleibt, so soll er sich doch immer daran erinnern, daß er irgendwo ein Heimatland hat, auch wenn man nicht so genau sagen kann, wo es liegt, und daß er niemals im Unfrieden mit Allah leben darf. Monsieur Guillaume läßt meinen Papa das ja nicht bloß zum Spaß machen. Er sagt, daß die Hautfarbe für ihn nicht zählt. Er sagt, daß alle Menschen, außer den Blödmännern, gleich sind, und daß, wenn sich die Schwarzen prügeln, sie das tun, weil sie glauben, daß sie anders sind.

Hin und wieder besucht Monsieur Guillaume Monsieur Ousmanou, den Marabut in der Rue Bisson, um Lösungen für seine Probleme zu finden. Wenn er nach Hause kommt, hat er ganz leuchtende Augen. Die Augen, sagt mein Papa, sind das Tor zur Seele. Wenn man traurig ist, dann sieht man es an den glänzenden Augen. Und M'am sagt, daß die Augen so traurig sind, weil sie es sind, die nach der Schuld suchen. Aber ich kann euch schwören, daß ich nichts davon verstehe, aber auch rein gar nichts. Ich bin so traurig, daß meine Mütter nicht meine Mamas sind, daß ich am liebsten sterben möchte. Ich hab doch zwei Augen im Kopf und sehe klar und deutlich, aber ich kann meine Schuld noch so sehr suchen, ich finde sie nicht. Also, wenn mir das jemand erklären kann, ich bin ganz Ohr.

Alex ist viel klüger als ich. Manchmal erklärt er mir etwas, aber es fällt mir schwer, die Sachen zu verstehen und im Kopf zu behalten. Es will einfach nicht drinbleiben, weil mir zu viele Erinnerungen im Kopf rumschwirren und alles schon überquillt. Es ist halt wie bei einem zu vollen Schrank. Alex sagt, daß der Regen durch die Wolken entsteht, daß es Planeten gibt, die größer sind als die Erde, daß die Erde rund ist oder daß die Sterne größer sind als der Mond. Ich antworte: »Ach so.« Die Sterne, die finde ich winzig wie ein paar Tränen.

Ich bin raufgegangen, um ihn zu fragen, was man machen muß, wenn man erfährt, daß seine Mütter nicht seine Mütter sind.

Alex hat einen blaugestreiften Schlafanzug an. Er macht die Tür auf und grummelt ein wenig, weil er sich freut, mich zu sehen. Irgendwo höre ich ein Kind weinen, aber ich kann nicht sagen wo. Alex sieht mich an und sagt: »Komm mit, ich stelle dir jemanden vor.«

Ich gehe hinter ihm her und er sagt: »Er wird demnächst dein Nachbar sein, weil seine Mutter bei Monsieur Kaba arbeitet und

sich nicht um ihn kümmern kann. Also bekommt ihn eure Nachbarin, Madame Zola, um auf ihn aufzupassen.«
Schließlich sind wir vor seinem Zimmer, und er öffnet die Tür. Da hockt ein kleiner Junge, die Nase voller Rotz. Aber er hat seine Sonntagskleider an: eine Krawatte und ein weißes Hemd.
»Darf ich vorstellen: Timothée, der rosarote Panther von Belleville. Sei vorsichtig, er kratzt«, sagt Alex.
Und ich sehe Timothée an. Ich wage nicht, mich zu bewegen.
»Komm her«, sagt Alex, »er wird dich schon nicht auffressen. Er kratzt, das ist alles.«
Dann verläßt er das Zimmer und läßt mich mit dem rosaroten Panther von Belleville und seinen Krallen allein. Noch sitzt er ruhig da, mit seinem Rotz, der ihm die Nase runterläuft und den er schluckt, als ob es Schlagsahne wäre. Doch mein Herz bummert und bummert. Dann plötzlich zeigt er mir die Krallen: Er hüpft, er schreit, dann hört er damit auf und sieht mich ganz eigenartig an. Ich bin völlig durcheinander, also lächle ich freundlich, als ob nichts wäre. Dann geht Timothée zum Kleiderschrank, der sich direkt hinter der Tür befindet. Er zerrt ein paar Kleider raus und schmeißt sie auf den Boden. Seine Augen verdrehen sich. Dann fängt er an, die Kleider zu zerreißen.
»Man darf Kleider nicht kaputtmachen«, sage ich zu ihm.
Er antwortet nicht.
»Du darfst die Wäsche nicht schmutzig und nicht kaputtmachen. Wenn du damit nicht aufhörst, dann kommt Monsieur Guillaume und scheuert dir eine. Außerdem soll man keinen Nasenrotz essen«, füge ich hinzu.
Er antwortet wieder nicht. Jemand versucht, die Tür zu öffnen. Zunächst ganz langsam. Dann mit einer solchen Wucht, daß Timothée, der hinter der Tür eingekeilt ist, umgeschubst wird. Ich kann ihn gar nicht mehr sehen. Monsieur Guillaume kommt ins Zimmer: »Ihr könnt wohl nicht spielen, ohne Krach zu machen?« fragt er.
Ich öffne den Mund, um zu antworten. Aber dann bleibe ich

stumm wie ein Fisch. Monsieur Guillaume sieht die Kleider auf dem Boden herumliegen. Sein Gesicht wird krebsrot.
»Was hat diese Unordnung hier zu bedeuten?«
Er packt mich bei den Ohren, natürlich nur zu meinem Besten, und fragt: »Warst du das?« und er fügt hinzu: »Eins steht fest, einem Schwarzen kann man wirklich nicht vertrauen.«
Dann sieht er Timothée. Er läßt mich los. Er nimmt Timothée bei der Hand und versucht, ihn aus seiner Ecke rauszuholen. Da springt Timothée auf und kratzt ihn an der Brust. »Verdammter Bengel!« brüllt Monsieur Guillaume. Er gibt ihm eine Ohrfeige und verläßt grummelnd das Zimmer.
Timothée ist wieder vollkommen ruhig. Er sieht mich ganz merkwürdig an.
»Du solltest wirklich nicht kratzen«, sag ich zu ihm.
»Mama, Mama«, antwortet er.
»Es bringt nichts, wenn man die ganze Zeit so nach seiner Mama schreit«, sage ich. »Außerdem sollst du dich nicht mit deinen Sonntagskleidern auf den Boden hocken.«
Er sieht mich an. Seine braunen Augen haben graue Tupfer, eben wie bei einem farbigen Weißen.
»Kommt am Sonntag deine Mama?« frage ich ihn.
Er antwortet noch immer nicht. Ich sehe an seinen Augen, daß er bestürzt ist.
Jetzt kommt Monsieur Guillaume zusammen mit Madame Zola herein. Allerdings macht Timothée jetzt keinen Unsinn mehr. Ich sag zu ihnen, einfach so: »Laßt ihn verdammt nochmal in Ruhe!«
Sie haben so getan, als hätten sie nichts gehört, so wie das bei Erwachsenen immer der Fall ist, wenn sie keine Antwort geben wollen.
Madame Zola kniet sich vor Timothée auf den Boden und sagt: »Sei lieb, Ti, heute ist Sonntag, und wenn du nicht brav bist, dann geht Mama nicht mit dir spazieren.«
»Es ist überhaupt nicht Sonntag«, sag ich. »Heute ist Mittwoch, Madame Zola.«
Sie dreht sich um und sieht mich an. Nur, daß sie mir nicht in die

Augen sieht. Dann sag ich weiter: »Es ist nicht nett, Kinder zu belügen.«
Alex ist dann wieder in das Zimmer gekommen. Er hat mich gefragt, ob ich irgend etwas zu trinken haben möchte. Ich habe nein geantwortet.
»Willst du vielleicht einen Kaugummi?« hat er weitergefragt.
»Nein.«
»Machst du dir über irgend etwas Gedanken?«
Da habe ich ihm alles erzählt, weswegen ich vorhin von zu Hause weggelaufen bin.
»Das ist ganz schön bitter«, hat er gesagt und sich dabei einen Stuhl rangezogen. Dann ist er sich mit der Hand durch seine braunen Haare gefahren, hat sich die Nase geputzt und es dann an seinem Schlafanzug abgewischt.
»Weißt du es schon lange?«
»Nein, ich hab's gerade erst erfahren.«
»Sowas aber auch! Was willst du jetzt machen?«
»Weiß nicht. Manchmal frage ich mich, warum das Leben so kompliziert ist.«
»Na, weil es eben so ist, natürlich«, hat er geantwortet. »Es gibt Leute, die sich das Leben einfach nur so zum Spaß schwermachen.«
»Gibt es nicht auch noch andere Gründe?«
»Nun, manchmal gibt es auch welche, die sich langweilen.«
»Ich für meinen Teil habe nicht darum gebeten, auf die Welt zu kommen.«
»Darum hat wohl niemand gebeten.«
»Und dann?«
Da runzelt er die Stirn und denkt nach.
»Alles was ich dir sagen kann, ist, daß es in Afrika 'ne Menge Frauen gibt, die Kinder bekommen, ohne verheiratet zu sein. Also sehen sie keinen anderen Ausweg, als sie wegzugeben.«
»Vielleicht hast du recht. Also glaubst du, daß sie kommen wird, um mich zu holen?«
»Vielleicht ja, vielleicht nein.«
Er schweigt einen Moment, dann sagt er: »Aber eigentlich kann

es dir doch vollkommen egal sein, daß es nicht deine Mütter sind, oder?«
»Das ist wichtig, sogar sehr wichtig.«
»Das ist doch reine Eitelkeit. Sie lieben dich.«
»Da bin ich mir nicht so sicher.«
»Du kannst ja mal genau drauf achten, wie sie dich behandeln. Dann kannst du entscheiden. Aber, wenn nötig… Ich hab 'ne Menge Adressen, falls du sie brauchst.«

Als ich wieder runter ins Café gegangen bin, war es dort ganz schön voll. Die Klamotten von manchen Leuten sehen verdammt gut aus, aber es gibt auch andere, die weniger toll sind. Da sehe ich Esther.
Sie hat die gleichen Sachen an wie gestern, nur daß sie ein kurzes rotes Höschen und die dazu passenden roten Stiefel trägt. Ich sage hallo.
»Das ist doch der Kleine von gestern abend«, antwortet sie überrascht. »Wie geht es dir?«
»Gut, Mademoiselle.«
Sie beugt sich zu mir runter, streicht mir mit der Hand über die Haare und sagt: »Du bist vielleicht niedlich! Einen kleinen Jungen wie dich hätte ich auch gern.« Sie ist sehr nett.
»Ach, halt den Mund!« sagt Monsieur Makossa, der Leibwächter von Monsieur Kaba.
»Ist doch wahr, oder?« Mich fragt sie: »Kannst du schwimmen?«
»Nein, Mademoiselle.«
»Dann mußt du mal mit mir ins Schwimmbad gehen. Ich bring's dir bei.«
»He, mal langsam!« schreit Monsieur Makossa. »Der Kleine ist noch vollkommen unschuldig. Nicht, daß du ihn mir verführst.«
»Was ist denn in den gefahren?« fragt sie mich.
Daraufhin gibt sie mir einen Kuß auf die Stirn und sagt: »Wir treffen uns hier, Samstag, zehn Uhr.«
Sie fängt an zu tanzen, aber es ist gar keine Musik da. Sie stampft

mit den Füßen und klatscht mit den Händen, während sie sich im Takt dreht und dazu mit dem ganzen Körper wackelt. Sie wendet mir den Rücken zu, und man sieht, daß sie unter ihrem kurzen roten Höschen nichts anhat. Monsieur Kaba redet immer noch von der Sünde und merkt überhaupt nichts. Monsieur Guillaume und Monsieur Laforêt schielen herüber. Beim Tanzen dreht sie sich wieder zu mir um, aber sie scheint mich nicht zu sehen. Plötzlich macht sie eine Kehrtwendung und befindet sich gleich darauf auf der anderen Seite des Raumes wieder, und ich höre, wie sie eine Melodie trällert. Sie hat wirklich eine schöne Stimme.

»Kann ich ins Schwimmbad mitkommen?« fragt Monsieur Guillaume.

»Pfoten weg, alter Lustmolch!« antwortet sie.

Sie dreht sich nochmal um. Und plötzlich fängt sie an ihre Brüste zu streicheln, einfach so. Monsieur Laforêt, dem ehemaligen Direktor, scheint der Tanz wirklich gut zu gefallen. Das ist schön! Er beugt sich so weit nach vorn, daß er jeden Moment auf die Nase zu fallen droht. Er hat ganz große Augen bekommen. Er merkt nicht einmal, daß der Wein beim Trinken gar nicht in den Mund fließt, sondern auf den Tisch tropft. In dem Moment bemerkt Monsieur Kaba, was die Jungs im Raum für Gesichter machen. Er dreht sich um und sieht, wie Mademoiselle Esther tanzt.

Als er aufspringt, schmeißt er sein Glas um. Sein Blick ist eiskalt. Er klatscht laut in die Hände.

»He, Esther!«

Sie zuckt zusammen, und wie aus dem Schlaf gerissen dreht sie sich um. Mit einer bitteren Miene sieht Monsieur Kaba sie an.

»Oh!« sagt sie und setzt sich still wieder neben ihn.

»Arme Kleine«, sagt Monsieur Guillaume. »Man sieht, daß sie tanzen kann. Aus der wär bestimmt mal 'ne große Tänzerin geworden.«

*

Es hat mir wirklich gut getan, daß Mademoiselle Esther mich ins Schwimmbad eingeladen hat. Ich mag sie. Man merkt sofort, daß sie eine sehr nette Person ist, die einen nicht ständig betatschen will wie manche anderen. Deswegen tut sie mir auch leid, weil, nun ja, eine Frau ohne Mann eben gar nichts ist. Und ich fände es toll, wenn sie Tänzerin werden könnte.

Zu Hause habe ich den Frauen sofort erzählt, daß ich eingeladen worden bin, am Samstag ins Schwimmbad zu gehen. Die haben vielleicht geguckt! Aber sie haben nichts gesagt, um mich nicht zu ärgern, da ich ja ohnehin schon ärgerlich genug war. Den ganzen Tag habe ich mich geweigert, etwas zu essen. Ich habe einfach nichts runterbekommen.

»Ich habe dir einen Maronenpfannkuchen gemacht«, sagt M'am zu mir.

»Mag ich nicht.«

»Bist du krank?«

»Nein.«

»Was hast du denn?« fragt sie und nimmt meine Hand.

»Laß mich los«, sag ich zu ihr. »Was ist denn los mit dir? Alles klar, ja? Ich brauche keine Mutter!«

Sie umfängt mich mit ihren sanften Armen, deren schwarze Haut unter der Lampe so wunderbar schimmert.

Ich fange an zu weinen. Und ich weine und weine und kann gar nicht mehr aufhören zu weinen. Alles kommt auf einen Schlag: Wie es mich getroffen hat, als ich es erfahren habe. Und wie sehr es geschmerzt hat, als ich durch die Straßen gelaufen bin. Wie ich mich seitdem nicht mehr getraue, ihnen in die Augen zu sehen.

»Weine nicht, mein Kleiner. Ja, ruhig... Weine nicht.«

Dann fängt sie an, mich auf die Stellen im Gesicht zu küssen, wo mir die Tränen runterlaufen. Nach einer Weile frage ich sie: »Wo ist sie denn, meine Mama?«

»Ich weiß es nicht. Kann gut sein, daß sie tot ist. Alles, was ich weiß, ist, daß dein Vater dich mitgebracht hat. Du warst so hübsch! So süß! Mit dieser ganz dunklen Haut, die wie Kohle geglänzt hat. Ich schwör's!«

Sie hat gelächelt.
»Weißt du Loukoum, ich hab dich sehr lieb.« Sie küßt mich auf den Mund. Sie macht »Mmmm«, wie wenn man mit irgend etwas Nettem überrascht wird. Und sie sagt: »Warum müssen Menschen eigentlich immer was essen?«
»Na, weil sie Hunger haben«, antworte ich.
Sie schüttelt ungläubig den Kopf und sagt: »Vielleicht.«
Sie steht auf und geht in die Küche, um das Abendessen zu machen.
Dann ist mein Papa von der Arbeit nach Hause gekommen. Er hat zu niemandem hallo gesagt und sich einfach hingesetzt. Er hat in eine Kolanuß gebissen, hat gekaut und in weitem Bogen ausgespuckt. Flick-flack! Dann hat er sich zu den Frauen umgedreht und gesagt: »Wasch mal dies und bügel mal das. Such mal dies und hol mir mal jenes.« Er schimpft, daß an dem Hemd, das er am Morgen angezogen hat, ein Knopf fehlt. Die Frauen sind nur noch am bügeln, am Strümpfe stopfen oder am Taschentuch suchen.
»Was ist denn los mit dir?« fragt M'am ihn schließlich.
»Wieso? Was soll schon los sein?« fragt er in einem wütenden Ton zurück. »Ich will nicht aussehen wie ein Penner, das ist los. Eine andere Frau als du würde sich nicht beschweren.«
»Darüber bin ich ja auch froh.«
»Worüber denn?«
»Darüber, daß du anständig gekleidet bist. Ich bin stolz darauf.«
»Du findest mich wirklich gutaussehend?«
»Als ob du das nicht wüßtest, du Schlingel!«
Dann ist er sich waschen gegangen. Er hat sich fein säuberlich rasiert. Er hat ein wenig Parfum aufgetragen und ist gegangen.
»Es ist bestimmt eine neue da«, sagt Soumana.
»Ja«, sagt M'am.
»Weißt du, um wen es sich handelt?«
»Ich habe da so eine vage Vermutung.«

*

Am nächsten Morgen hat Mademoiselle Garnier gesagt: »Kinder, heute machen wir etwas ganz Besonderes. Die Welt besteht aus entwickelten Ländern und aus Entwicklungsländern. Die Industrieländer müssen die ärmeren Länder unterstützen.«
Die Schüler machen Krach. Mademoiselle Garnier klatscht in die Hände: »Ruhe!«
Dann fährt sie fort: »Ich appelliere an eure Großzügigkeit, an euren Mut, an euer Solidaritätsgefühl. Ich werde ein paar von euch auswählen. Die drei ersten, die ich aufrufe, stellen sich an meine rechte Seite. Die drei nächsten stellen sich an meine linke.«
Sie hat ein paar Namen genannt. Ich stand links von ihr. Dann hat sie erklärt: »Wenn die Kinder neu in die Schule kommen, sind nicht alle auf dem gleichen Niveau. Das rührt von den kulturellen, religiösen und sozialen Unterschieden her. Also werde ich jetzt die auf der rechten Seite bitten, diejenigen, die links stehen, so weit wie möglich zu unterstützen. Pierre Pelletier, würdest du bitte Mamadou Traoré das Lesen beibringen?«
»Ja, Mademoiselle«, hat er gesagt.
In dem Moment ist ein Mädchen aufgestanden. Sie hat braune Haare mit einer großen rosaroten Schleife auf dem Kopf. Sie steht gerade da, wie eine gute Schülerin.
Mademoiselle Garnier fragt: »Was machst du da, Lolita?«
Das Mädchen antwortet nicht. Sie geht langsam nach vorne, ihre Hände hinter dem Rücken verschränkt. Sie stellt sich neben das Lehrerpult. Dann zieht sie ihren Pullover aus, faltet ihn sorgfältig zusammen und legt ihn auf den Schreibtisch der Lehrerin.
»Was ist denn mit dir los?«
Das Mädchen antwortet nicht.
Sie zieht ihre Schuhe und anschließend ihre Strümpfe aus und legt sie ebenfalls auf den Schreibtisch, und ich stelle dabei fest, daß sie kleine Füße mit süßen kleinen Zehen wie mein Daumen hat, die man am liebsten in den Mund nehmen würde.
»Lolita, hör sofort damit auf. Zieh auf der Stelle deine Kleider wieder an, und setz dich hin.«

»Das ist ungerecht, Mademoiselle.«
»Was soll denn das bedeuten, Lolita?«
»Ich übergebe Ihnen doch hiermit nur meinen Beitrag für die Hilfe der Entwicklungsländer, Mademoiselle. So macht es meine Mutter immer bei ihren Organisationen zur Unterstützung armer Länder.«
Mademoiselle Garnier hat es die Sprache verschlagen. Lolita sieht nach oben, runzelt die Stirn und schaut sie etwas beunruhigt an. Ich warte und warte, weil ich hoffe, daß sie auch noch ihren Rock auszieht.
»Lolita«, sagt Mademoiselle Garnier, »was hier verlangt wird, ist geistige und nicht materielle Unterstützung. Zieh dich wieder an und setz dich hin.«
»Wie Sie wünschen, Mademoiselle Garnier«, sagt Lolita. »Wie Sie wünschen. Aber nicht, daß Sie hinterher sagen, wie das ja oft der Fall ist, ich sei egoistisch.«
Alle haben gelacht.
Pierre Pelletier hat rotblonde Haare. Er ist immer picobello angezogen, mit teuren Kleidern wie es sie am Boulevard de Belleville nicht gibt. Seine Haut sieht aus wie durchsichtige Milch und ist ganz glatt. Mit seinen vielen Locken hat er ein Gesicht wie ein kleiner Franzose aus der alten Zeit... Und er hat ein goldenes Herz. Bevor er mit der ersten Schreibübung beginnt, sieht er mich an. Ich bin verlegen. Meine Kleider sehen erbärmlich aus. Ich habe eine Mütze auf, die nicht richtig sitzt, weil ich so viele Haare habe. Ich trage eine Hose, die mir nur bis zu den Waden geht. Wenn man wächst, dann hat man eben keine Zeit.
»Wo aus Afrika kommst du denn her?« fragt er mich.
»Mali«, antworte ich.
»Wie ist es denn da so, in Mali?«
»Weiß nicht.«
»Du kennst dein Land nicht?« Er lacht und meint: »Das ist ja ein Ding!«
»Ich war zu klein.«
»Ach so«, sagt er. »Wenn ich mal groß bin, dann werde ich Seefahrer und fahre überall hin. Ich mache es wie Kolumbus.«

»Wer ist das, Kolumbus?«
Er erklärt mir, daß das der ist, der Amerika entdeckt hat. Daß er da mit großen Schiffen hingefahren ist, die man Segelbusse nennt und die verschiedene Namen haben, die ich aber nicht so genau verstanden habe. Und auch, daß die Indianer so nett zu ihm waren, daß er einige von ihnen in sein Heimatland mitgenommen hat, damit sie der Königin dienen.
Es ist anstrengend, das alles zu lernen. Aber ich bin froh, sehr froh... Und auch traurig. Also sage ich ihm: »Das würde ich auch gern machen.«
»Was?«
»Seefahrer werden.«
»Warum nicht? Das ist durchaus möglich.«
»Glaube ich nicht. Die Schwarzen sind nicht intelligent.«
»Jeder ist intelligent, Mamadou. Das hat Mademoiselle Garnier gesagt, und die ist Lehrerin.«
Pierre Pelletier vergöttert Mademoiselle Garnier. So jemand wie sie gibt es für ihn nicht nochmal.

*

Am Samstagmorgen bin ich sehr früh aufgestanden, weil ich ja zum Schwimmen eingeladen war. Ich wollte nichts essen. M'am hat zum Frühstück Omelette gemacht, aber ich hasse Omelette. Da fragt mein Papa: »Mit wem gehst du denn ins Schwimmbad, Loukoum?«
»Mit Mademoiselle Esther. Sie hat gefragt, ob ich mitgehen möchte.«
»Kenne ich nicht.«
»Das ist die neue von Onkel Kaba«, sage ich.
Papa reißt die Augen sperrangelweit auf. Plötzlich steht er auf, mit soviel Schwung, daß er dabei den Stuhl umschmeißt. Dann zieht er sich seinen Mantel an und sagt: »Einer Fremden kann ich dich nicht anvertrauen. Du mußt mir zeigen, wer das ist.«
»Natürlich«, sagt M'am in einem sehr eigenartigen Ton. Aber er hört ihr nicht zu. Männer hören niemals auf Frauen, also...

Er geht auf die Toilette, Pipi machen.
M'am und Soumana schauen sich an.
»Da muß ich erstmal tief durchatmen ...« sagt Soumana.
»Recht hast du, atme mal tief durch, dann geht es dir besser.«
»Früher oder später muß ich ihn abmurksen, oder aber ich bringe mich um. Hast du nicht irgendeine Idee, wie ich es anstellen könnte?«
»Was meinst du? Etwa so was wie Pflanzen, die einem die Eingeweide zerreißen?«
»Zum Beispiel.«
»Das bringt nichts. Er würde es fertigbringen, wie Jesus nach drei Tagen wieder aufzuerstehen und zurückzukommen, allein um dich zu ärgern.«
»Er muß kaltgemacht werden.«
»Mir scheint, das ist die dümmste Idee, die du je gehabt hast. Ich sage dir, das bringt nichts. Außerdem ist es böse, so steht es im Koran geschrieben.«
»Ich halte das nicht mehr aus.«
»Mach dir keine Sorgen. Er verschwindet, und irgendwann kommt er wieder nach Hause. Du hast dich anscheinend noch nicht daran gewöhnt. Du mußt dich aber daran gewöhnen, sonst gehst du irgendwann ein.«
»Es ist ganz schön hart, eine Frau zu sein, weißt du.«
»Es ist auch nicht einfacher, Gottes Wort in der Wüste zu verkünden, wie Mohammed«, entgegnet M'am.
Man hört, wie das Pipi in die Schüssel plätschert.
»Du hast schon recht. Wenn das so weitergeht, dann werde ich daran verrecken.«
»Ich glaube, die Männer finden viel zu großen Gefallen daran, wenn die Frauen für sie verrecken. Deshalb muß man genau das Gegenteil tun und leben.«
»Aber wie?«
»Sou, was würdest du denn machen, wenn du an meiner Stelle wärst?«
Soumana antwortet nicht. Es scheint, als hätte es ihr die Sprache verschlagen. Sie sieht sehr traurig aus, völlig fertig.

»Ich habe Abdou vom ersten Moment an geliebt, als ich ihn gesehen habe. Das schwöre ich, M'am! Aber manchmal, wenn ich sehe, was er so treibt, dann packt mich die Lust, ihm die Gurgel durchzuschneiden.«
Sie schnauft ein wenig, und sagt weiter: »Im Grunde bist du viel mehr zu bedauern.«
»Na klar. Ich bin ja auch seine rechtmäßige Ehefrau, und ich bin es, den er durch den Dreck zieht.«
»Und trotzdem sagst du nichts. Du bist wie alle Frauen von zu Hause, wie meine Mutter, wie meine Großmutter, und wie davor deren Mutter. Immer dabei, den Typen die Füße zu küssen, dankbar zu sein, und zu allem, was sie auf der Welt so anrichten, auch noch bravo zu sagen. Mein Vater hat sich noch nicht einmal um uns gekümmert, als ob meine Mutter allein für unsere Geburt verantwortlich wäre!«
»Wieviele Kinder hat deine Mutter denn gehabt?«
»Weiß nicht. Frauen waren es dreißig. Und jede von ihnen hat gut und gerne sechsmal geworfen. Du brauchst es nur zusammenzuzählen und dann weißt du Bescheid.«
»Und wie sind die alle miteinander ausgekommen?«
»Sie haben viel auf den Feldern gearbeitet, und, um zu vergessen, haben sie sich die ganze Zeit geprügelt und gegenseitig ihre Kinder schikaniert, um sich an meinem Papa zu rächen. Meiner Meinung nach hätten sie ihre Kräfte vereinen und ihn totschlagen sollen. Aber statt dessen durfte er weiterhin thronen wie ein Nabob. Damals wußte ich noch nicht, daß ich auch mal so ein Hundeleben führen würde.«
»Inschallah!« sagt M'am.
»Ja, das ist wohl alles, was man dazu sagen kann. Aber sag mir, M'am, wie kannst du Abdou nur ertragen?«
»Es ist mein Überlebensinstinkt«, antwortet M'am. »Er gibt dir Kraft, die du hieraus, aus deinem Bauch, schöpfst. Und außerdem sitzt der Haß bei mir so tief, daß er gar nicht mehr hochkommt... Bis auf das Gluck-gluck natürlich!«
Sie brechen in Gelächter aus. Aus dem Klo hört man die Wasserspülung.

»Wie wär's, wenn wir die Socken der Kinder stopfen würden?« schlägt M'am vor, und sie gehen schnell das Nähzeug holen.

Wir sind im Café angekommen. Es ist kaum zu glauben, wie voll es ist. Mein Papa begrüßt Monsieur Kaba. Monsieur Kaba fragt:
»Und, mein lieber Abdou, was gibt es Neues?«
»Ach, nichts Besonderes. Es geht allen recht gut, Inschallah.«
»Und wie geht's der Gattin?«
»Ganz gut, ganz gut.«
»Wenn ich sie so sehe, kann ich mir vorstellen, daß sie keine Zeit hat, mal einfach so spazierenzugehen oder so. Immer bei der Arbeit. Es wäre schön, wenn meine Frauen sich mal ein Beispiel an ihr nehmen würden. Dadurch könnte ich viel Geld sparen.«
Monsieur Kaba spricht ständig vom Geld, als ob er keins hätte. Aber er hat so viel, daß er gar nicht mehr weiß, wohin damit... Mein Papa ist der Ärmste von der Sozialfürsorge, abgesehen von Monsieur Laforêt natürlich!
»Also, wo ist sie? Wo ist die Schönste der Schönen?« fragt mein Papa. »Ich habe etwas für sie.«
Er holt eine Tafel Schokolade aus seiner Tasche und legt sie auf den Tisch.
»Auf der Toilette«, antwortet Monsieur Kaba. »Sie war so lange unterwegs heute nacht...«
»Und du, was machst du so, Guillaume?« fragt mein Papa, und er beißt vollmundig in eine Kolanuß. Anschließend kaut er laut. Dann fährt er fort: »Angeblich will Esther den Kleinen mit ins Schwimmbad nehmen.«
»Stimmt«, sagt Monsieur Guillaume. »Dein Bengel ist ein ganz schöner Frauenheld.«
Mein Papa fährt sich über seine Glatze.
»Ein Wahnsinnsgerät, diese Frau!«
»Aber ganz schön kostspielig, diese Art Weiber!« sagt Monsieur Guillaume.
Plötzlich springt mein Papa auf und ruft: »Esther!«
Ja, es ist Mademoiselle Esther. Sie trägt eine schwarze Strumpf-

hose und einen Bodystocking unter ihrem Mantel. Mit ihren beiden Zöpfen sieht sie aus wie ein kleines Mädchen. Mein Papa starrt sie an. Er verschlingt sie förmlich mit seinen Blicken.
»Sieh mal einer an, was für eine Überraschung!« sagt sie.
Jeder im Café schaut sie an. Kaum steht sie neben uns, da schiebt Monsieur Kaba ihr einen Stuhl rüber. Aber sie setzt sich nicht. Sie nimmt die Tafel Schokolade.
»Wie lecker! Willst du ein Stück?« fragt sie mich.
Ich sage nein. Also schmollt sie wie ein kleines Mädchen und beißt hinein.
»Köstlich. Aber ich sollte ein bißchen auf meine Figur achten.«
»Du bist genau richtig«, sagt mein Vater.
»Alles, was ich mache, findest du genau richtig. Da sieht man, daß du nicht sonderlich viel Grips im Kopf hast.« Sie fängt an zu lachen. Mein Papa schaut verschämt auf den Boden.
Dann sind wir ins Schwimmbad gegangen. Eine Badehose habe ich nicht. Ich habe meine Unterhose anbehalten. Sie ist ganz schwarz und unten ist ein kleiner brauner Streifen, da ich mir den Hintern nicht ordentlich abgeputzt habe. Mademoiselle Esther hat ihren Mantel ausgezogen. Sie ist sehr schlank und hat eine Taille so schmal wie mein Handgelenk. Sie hat Brüste, wie ich sie noch nie gesehen habe, mit Spitzen, bei denen man Lust bekommt den Mund dranzuhalten. Etwas Schöneres habe ich noch nie gesehen.
Ganz plötzlich, als sie sieht, was ich mir da so genau anschaue, hält sie inne und sieht mich mit großen Augen an.
»Was schaust du mich denn so an?« fragt sie. »Du bist nicht zufällig erst ein Knirps, oder täusche ich mich? Wie alt bist du eigentlich?«
»Zehn.«
»O Gott! Diese Schwarzen!«
Ich schiele nach wie vor zu ihr rüber.
»Bist du noch Jungfrau?« fragt sie mich.
»Ja«, sage ich.
»Und deine Mutter hat dir noch nie ihre Brüste gezeigt?«

»Nicht, daß ich wüßte«, antworte ich. »Aber Soumana habe ich einige Male gesehen. Aber die zählt nicht. Sie ist ziemlich dick, wenn du weißt, was ich meine.«
»Na, dann nutz mal die Gelegenheit!«
Da fängt sie an sich zu drehen und zu wenden, sie zeigt ihre Brüste und ihren Hintern, der ganz rosa ist und ein paar Flekken hat, die aussehen wie Sommersprossen. Sie rollt die Augen, und ich spüre, wie meine Hände zittern und mein Herz hämmert. Plötzlich wirft sie mir einen eigenartigen Blick zu.
»So, das reicht jetzt!«
»Zu Befehl, Mademoiselle.«
Mademoiselle Esther packt meine Sachen in ein Schließfach und schlägt es zu. Peng! Der Schlüssel hängt an einem blauen Armband, das wie eine Uhr aussieht. Sie macht es mir ans Handgelenk. Und insgeheim habe ich gedacht, daß ich gern eine Uhr hätte. Dann gehen wir Richtung Schwimmhalle. Es ist wie am Meer, nur, daß das Wasser in einem Becken ist und es nicht bis nach Amerika reicht, wie ich es eigentlich gern hätte. Sie zieht mir eine Schwimmweste an: »Damit du nicht ertrinkst«, sagt sie mit einem breiten Grinsen. Aber ich habe dermaßen Angst vor dem Wasser, daß meine Hose von innen schon ganz naß ist. Ich zittere.
»Glauben Sie, daß ich hier am Rand stehen kann?« frage ich sie. »Ich kann nämlich nicht schwimmen.«
»Ach, das ist nicht gefährlich. Außerdem bin ich ja da.« Da sie keine Badekappe mitgebracht hat, steckt sie ihre Haare mit einer Haarklammer hoch.
Dann gehen wir beide ins Wasser, zuerst ganz langsam, um zu sehen, ob es tief ist. Sie schwimmt im Becken von der einen Seite zur anderen, um mir zu zeigen, was ich mit den Armen und Beinen machen muß. Anschließend hält sie mich am Bauch flach über das Wasser, damit ich schon mal üben kann.
Nach einer Weile habe ich den Dreh so langsam heraus. Als sie mich losläßt, schaffe ich gut und gerne ein paar Meter, bevor ich untergehe. Ich brülle. Ich habe Angst.

»Das Wichtigste ist, daß du keine Angst hast«, sagt sie mir. »Das Wasser wird dir schon nicht wehtun.«
Dann schwimmt sie wieder einige Male hin und her, zu ihrem eigenen Vergnügen. Ich traue mich nicht, mich zu bewegen. Es sind viele Kinder im Wasser. Sie springen umher, machen Platscher und schreien ununterbrochen.
Schließlich gehen wir raus aus dem Wasser und zurück in die Umkleidekabinen. Mademoiselle Esther schüttelt ihre Haare aus, um sie ein wenig zu trocknen. Sie sind jetzt ganz zottelig und kleben ihr am Hals und am Gesicht. Sie ist verdammt hübsch.
»Hat's dir gefallen?« fragt sie mich.
»Ja.«
»Dann ist's ja gut. Man muß das nämlich genießen können.«
»Stimmt. Ist unheimlich nett von Ihnen, mir das Schwimmen beizubringen. Mein Papa hat mir immer gesagt, daß er mich eines Tages mit ins Schwimmbad nehmen würde, aber er hat nie Zeit. Glauben Sie, wir können das nochmal machen?«
»Natürlich! Warum denn nicht? Bei den vielen Typen, die einem ihr Ding verpassen, tun mir ein bißchen Training und ein wenig frische Luft mal ganz gut.«
Ich habe nicht so genau verstanden, was sie gemeint hat, aber egal wie, das ändert auch nichts, denn ich finde sie klasse, und wenn man das Glück hat, von so einer tollen Frau das Schwimmen beigebracht zu bekommen, dann ist das schon gar nicht so schlecht.
»Gehen wir?« fragt sie.

Anschließend haben wir in einer Brasserie eine Pizza gegessen. Mademoiselle Esther hatte kaum Appetit. Also habe ich beide Portionen gegessen und das ganze mit einer Fanta begossen.
Dann sind wir in den Park von Buttes-Chaumont gegangen. Es war etwas frisch, wie immer in der Vorweihnachtszeit. Als wir im Park angekommen waren, habe ich einmal tief eingeatmet. Es war, als ob wir ganz woanders wären, zum Beispiel in einem anderen Land, denn die Luft hier war so rein, rein wie Kristall-

wasser. Deswegen habe ich ja auch so tief eingeatmet, nämlich damit ich eine Reserve an gesunder Luft habe. Um uns herum war alles so schön grün. Natürlich lagen hier und da ein paar Blätter herum. Die waren dann braun, denn der Herbst war ja noch nicht ganz vorüber. Der Park ist so verwirrend angelegt, daß man sich verirren kann, ohne jemals wieder rauszufinden, aber die Blumen entlang der verschlungenen Wege rochen gut. Und überall auf den Bäumen zwitscherten lauthals die Vögel. Tauben flogen blitzschnell weg, sobald wir uns ihnen näherten. Das alles war so anders als Paris, so anders als alles, was ich bis dahin kannte. Sogar die Sonne... Man könnte meinen, das hier ist ihre Wiege.

»Es ist so schön! Ich wußte nicht, daß es in Paris solche paradiesischen Ecken gibt.«

»Stimmt«, sagt Mademoiselle Esther, »aber niemand hat die Zeit hierherzukommen. Jeder in diesem Land ist ununterbrochen mit irgendwas beschäftigt.«

Wir überqueren eine kleine Brücke und landen direkt vor einem rosafarbenen Chalet, einem Restaurant für Leute aus dem feinen sechzehnten Arrondissement. Ein Stückchen weiter ist ein Wasserfall, und von dort, wo wir stehen, sieht er aus wie Tränen in der Sonne.

»Hast du in der Schule Biologieunterricht gehabt?« fragt Mademoiselle Esther.

»Ein bißchen«, antworte ich. »Aber die ganzen Namen der Bäume, Blumen und Vögel und so kenne ich nicht.«

»Das da ist eine Weide. Und den Baum da nennt man Kiefer. Und das da drüben, das ist ein Pflaumenbaum. Meinst du, du kannst dir das merken?«

»Ich tu mein Bestes, Mademoiselle«, antworte ich. »Auf jeden Fall ist es alles ziemlich hübsch. Und wie ruhig es hier ist.«

»Das ist normal. Es ist Samstag, da gehen die meisten Leute einkaufen.«

Kaum hat sie fertiggesprochen, bleibt mein Blick an einem Hut hängen, der mir bekannt vorkommt. Es ist der Hut von meinem Papa. Der winkt mit großen Gesten zu uns rüber, damit wir auf

ihn aufmerksam werden. Er ist höllisch gestylt: rosa Jackett, weißes Hemd, großer beiger Cowboyhut. Er wippt von einem Fuß auf den anderen, wie ein Schuljunge, der sich interessant machen und auffallen will, und er fällt auf: »*Salut*! Ihr mußtet doch hoffentlich nicht allzu lang auf mich warten?« sagt er.
»*Salut*!« antwortet Mademoiselle Esther, der es vor Überraschung die Sprache verschlagen hat.
Ich bin auch überrascht, aber ich sage nichts. Ich frage mich, wo er das Geld für so feine und teure Kleider herhat. Der Papa, der vor mir steht, ist nicht mehr der gleiche. Wie ein Typ, der bei der Müllabfuhr arbeitet, um die Stadt sauberzuhalten, sieht er nun wirklich nicht aus. Ich sehe ihn total überrascht an. Aber er nimmt mich überhaupt nicht wahr, denn er ist viel zu beschäftigt damit, vor Mademoiselle Esther Süßholz zu raspeln. Das muß man verstehen und ihm nachsehen, wenn man kann.
»Wir hatten viel Spaß im Schwimmbad«, sagt Esther. »Loukoum ist sehr geschickt.«
»Gut. Wollt ihr etwas trinken?« fragt er.
»Ich habe keinen Durst«, antwortet sie.
Dann sind wir losgegangen.
Mein Papa hat Mademoiselle Esthers Hand genommen. Sie laufen deshalb Hand in Hand, weil sie Freunde werden wollen. Er spricht, sie lacht. Er erzählt irgendwelchen Unsinn, sie lacht. Sie lacht wirklich über jeden Mist, sie wirft dann ihren Kopf nach hinten, zeigt ihren nackten Hals und das, was sie in ihrer Bluse hat.
»Du bist sehr schön, Esther.«
»Danke.«
»Du hast aber schicke Stiefel an, und diese Schenkel... Und dein Höschen erst... Wahnsinn!«
»Danke.«
»Wahrscheinlich ist es nicht nötig, daß ich dir das alles sage, bei den vielen Typen, die dir hinterherrennen...«
»Es ist immer schön, wenn ein Mann einer Frau Komplimente macht. Davon kann man nie genug kriegen.«
Dann bricht sie in schallendes Gelächter aus. Wir sind zwar im-

mer noch in Buttes-Chaumont, der schönsten Ecke Frankreichs, aber ich nehme es nicht mehr wahr. Die Vögel zwitschern, aber ich kann sie nicht mehr hören. Ich hab so eine Art Kloß im Hals. Wenn mein Papa so weitermacht, dann erwürge ich ihn. Aber der Koran verbietet das ja, und außerdem steht da schwarz auf weiß geschrieben: »Du sollst Vater und Mutter ehren, was immer auch geschieht.«

»Ich muß jetzt gehen«, sagt mein Papa. »Ich habe heute abend Dienst.«

»Recht so«, murmele ich vor mich hin.

»Was sagst du, Loukoum?« fragt mein Papa.

»Nur, daß ich es sehr schade finde, daß du schon wegmußt«, lüge ich.

»Ach, das ist mein Sohn, das ist mein Sohn!« sagt er voller Freude.

Dann gibt er Mademoiselle Esther einen Kuß auf die Wange, ganz liebevoll. Sie dreht den Kopf, schaut ihm nach, wie er die Straße hochgeht, und winkt ihm hinterher. Dann dreht sie sich zu mir um. Sie lächelt. Sie bückt sich zu mir runter, damit sie mir geradewegs in die Augen sehen kann, und sagt: »Du bist aber auch ein Hübscher, zudem noch elegant und so.«

Sie wuschelt mir in den Haaren herum. Dann denkt sie einen Moment nach und sagt: »Ich frage mich, wie man es mit deinem Vater nur aushalten kann. Wie schaffen seine Frauen das bloß?«

»Du hältst es mit ihm ja auch ganz gut aus«, entgegne ich. »Und wie schaffst du das?«

»Tja, das weiß nur Gott allein.«

Dann fängt sie an zu lachen. »Ab und zu muß man sich schließlich auch mal amüsieren. Und als Typen gibt es keine Besseren als die Schwarzen.«

Als wir zum Café zurückgekommen sind, war es schon dunkel. Es waren nicht mehr viele Leute da, bis auf Monsieur Guillaume und ein paar andere, die ich nicht kannte. Also bin ich nach Hause gegangen. M'am und Soumana waren in der Küche. Soumana hat die Alokos in Scheiben geschnitten, und M'am hat sie dann gebraten. Ich habe ein paar davon probiert, und Soumana hat mich gefragt, ob wir schwimmen waren. Ich habe ja gesagt und ihnen dann erzählt, daß Mademoiselle Esther Wahnsinnsbrüste hat und daß wir mit meinem Papa im Park spazieren waren. Da haben sie sich beide angesehen und Soumana hat eine etwas ungeschickte Bewegung gemacht und sich in den Finger geschnitten.

»Sag mal, das...« sagt Soumana.

»Das darf ja wohl nicht wahr sein!« sagt M'am. »Stell dir das mal vor...«

»Genau das habe ich gerade getan.«

Dann holt sie sich ein Pflaster für den Finger. Als sie zurückgekommen ist, waren die Alokos fertig, und sie haben den Tisch gedeckt.

»Ich habe keinen Hunger mehr«, sagt Soumana.

»Du solltest lieber eine Kleinigkeit essen«, erwidert M'am.

»Nicht, solange...«

Da runzelt sie die Stirn und denkt nach. Sie fragt: »Warum haßt der liebe Gott Frauen nur so?«

»Er liebt uns, aber er will es nicht zeigen, so ist das«, antwortet M'am.

»So ein Idiot!«

»Wer?«

»Der liebe Gott! Die Männer! Das Leben! Es ist alles so ekelhaft.«

»Das meinst du doch nicht wirklich, Sou?«

»Ach nein? Der soll bloß aufpassen, daß er mir nicht über den Weg läuft, sonst hau ich ihm eins auf sein großes Maul.«

»Was frustriert dich denn am meisten, frage ich dich. Daß Abdou dich betrügt oder daß der liebe Gott dabei zusieht, ohne etwas zu unternehmen?«

»Beides«, antwortet sie.

»Wenn es dich beruhigt: Abdou hatte schon andere Frauen, als wir damals miteinander gegangen sind. Er ist oft tagelang nicht zu Hause gewesen. Eines Tages ist er dann zurückgekommen,

hat mich so auf seinen Schoß gesetzt und gesagt: ›Verzeih mir‹.«
»Das glaube ich dir nicht.«
»Wenn ich es dir sage, du kannst mir ruhig glauben. Der war damals ein ziemlich fröhlicher Geselle, der allem nachgelaufen ist, was einen Rock anhatte. Aber er ist immer wieder zurückgekommen, verstehst du?«
»Ja. Aber akzeptieren kann ich das nicht.«
»Tatsachen solltest du aber akzeptieren.«
»Nein. Er wird sich entscheiden müssen, entweder ich oder diese Nutte.«
M'am schüttelt traurig den Kopf.
»Soumana, das ist eine schwierige Wahl, vor die du ihn da stellst. Du wirst uns fehlen, weißt du.«
»Das würde er nicht wagen.«
»Doch. Vielleicht sind wir ihm ja zu alt oder zu häßlich?«
»Nein, nein, und nochmal nein!« schreit Soumana.
Sie schreit so laut, daß man sie noch meilenweit hören kann und meine kleine Schwester Fatima davon wach wird. Fatima ist eine unglaubliche Nervensäge. Sie ärgert die Leute wie keine Zweite und hat nichts als Unsinn im Kopf. Ständig dabei, irgend etwas in ihren kleinen Mund zu stecken und darauf herumzukauen oder in der Gegend rumzukreischen.
»Was ist denn los?« fragt sie. »Warum schreist du denn so, Mama?«
»Weil der liebe Gott sich weigert, mich anzuhören.«
»Das ist doch kein Grund, brave Kinder beim Schlafen zu stören«, entgegnet sie. »Na ja, darf ich mir ein Bonbon nehmen, Mama?«
Soumana erlaubt es ihr.
»Das ist dein Geschenk Gottes«, sagt M'am und zeigt auf Fatima.

*

In der Schule bringt mir Pierre Pelletier Lesen und Schreiben bei. Es macht Spaß, aber es ist schwer. Er bringt mir bei, bestimmte Wörter und 'ne Menge Sachen zu schreiben, von denen er meint, ich müßte sie kennen. Er läßt nicht locker, da bleibt er konsequent. Pierre ist ein guter Lehrer. Der Junge ist wirklich ein As. Er läßt mich vorlesen. Er schreibt etwas in seiner schönen Handschrift. Das Problem ist, daß ich Schwierigkeiten habe, all die Sachen, die er mir beibringt, in den Schädel zu bekommen. Aber Pierre Pelletiers Beiname lautet: Geduld. Also erklärt er weiter. Er ist wirklich hartnäckig, dieser Bursche. »Du mußt dich zusammenreißen«, wiederholt er ständig. »Du mußt! Du mußt!«
Auf diesem Gebiet bin ich unsicher. Ich will nur irgendwie durchkommen.
Wenn Pierre Pelletier mir in der Schule Nachhilfe gibt, kommen alle Mädchen immer so früh wie möglich. Besonders Lolita. Sie fragt mich: »Und, klappt es?« Aber ich bin ja nicht blind. Ich kann sehr gut sehen, daß sie in ihn verknallt ist. Manchmal zieht sie sich Sonntagskleider an und posiert im Klassenraum, wenn Pierre mir etwas diktiert oder gerade versucht, mir tausend und eine Sache in den Kopf zu hämmern. Er schaut woanders hin, als würde er sie nicht sehen. Ich an seiner Stelle... Aber nichts und niemand ist an seiner Stelle, also...
Mademoiselle Garnier hat gesagt, ich würde Fortschritte machen. Ich habe für Lolita ein Armband gebastelt. Dafür habe ich ein paar alte Sandalen von meinem Vater genommen, die ich zurechtgeschnitten habe, um das nötige Leder zu bekommen. Ich habe die Schnürsenkel säuberlich zurechtgefeilt, sie mit Ton gefärbt, getrocknet und dann geflochten. Eigentlich habe ich noch nie etwas für jemanden gemacht, außer für Allah, wenn ich in die Moschee gehe. Also getraue ich mich nicht so recht, Lolita mein Armband zu zeigen, denn sie könnte mich ja auslachen. Manchmal sehe ich Lolita auf dem Schulhof. Sie steht bei ihrer Freundin. Mit ihrem blauen Wollrock und den dazu passenden Strumpfhosen sieht sie aus wie eine Prinzessin. Sie hat immer eine große Schleife in den Haaren. Die ist vielleicht

schick! Man könnte meinen, alle Vögel singen nur für sie. In so einem Moment bin ich immer zutiefst gerührt. »Komm zu mir, komm zu mir!« möchte ich ihr am liebsten zurufen, und mit der Hilfe Allahs würde es mir auch bestimmt etwas bringen im Leben. Aber ich sage nichts, da ich hier ja nicht direkt zu Hause bin und sie mich ja auch um nichts gebeten hat. Manchmal denkt sie, ich würde sie nicht sehen, und dann wirft sie mir seltsame Blicke zu, so als wäre ich ein fremdartiges Tier oder so. Dann fängt sie an, laut zu lachen. Ihre Freundinnen auch.

Ich lasse den Kopf nicht hängen. Und dann lerne ich mit Pierre Pelletier. Ich male die Buchstaben A, O und C. Bald darauf schreibe ich Wörter mit mehreren Buchstaben, wie »essen«, »schlafen«, »gehen«.

»Bald bist du absolute Spitze«, lobt mich Pierre Pelletier.

Eines Tages habe ich dann doch meinen ganzen Mut zusammengenommen und Lolita das Armband gezeigt.

»Das ist aber schön. Wo hast du das her?«

»Das habe ich selbst gemacht. Es ist für dich.«

»Wirklich?«

»Ja.«

Sie legt das Armband um.

»O Mamadou, du bist wirklich ein Genie.«

Ich schaue leicht verschämt nach unten.

Sie rennt auf den Schulhof und zeigt es den anderen. Sie lacht. Auf jeden Fall ist sie toll. Sie zeigt Pierre und Johanne, wie schön das Armband ist.

»Kannst du mir auch eins machen?« fragt Johanne.

»Na klar«, antworte ich.

»Und du könntest auch eins für Pierre machen«, sagt Lolita. »Es wäre doch nett, sich bei ihm zu bedanken, und gleichzeitig kannst du ihm dabei deine Arbeit zeigen.«

Was für eine tolle Idee! Zu Hause angekommen und ganz in Gedanken darüber, welche Art von Armband Pierre Pelletier gefallen könnte, zerschneide ich ein paar alte Sandalen aus Schlangenleder. Er ist nett, er sieht gut aus, und er redet nicht sehr viel. Er unterstützt mich bei allem, was ich vorhabe, und wenn er mich anfaßt, scheint es, als könnten seine Hände genau fühlen, was ich will. Ich fange also mit dem Armband an. Es muß breiter sein als das von Lolita, locker, bequem...

Also schneide ich zu, flechte, und irgendwann bin ich damit fertig. Und dann schenke ich es ihm.

Das nächste, was passiert: Johanne möchte tatsächlich auch eins, und Lolita möchte genau das gleiche wie Pierre Pelletier, und alle Jungs in der Klasse wollen welche. Im Nu bin ich mit Arbeit überhäuft. Ich frage mich, wo ich noch mehr alte Sandalen herbekommen kann.

»Du mußt deine Armbänder verkaufen«, sagt Pierre.

»Wie macht man das?«

»Nun, du schlägst einen Preis vor...«

Da denkt er einen Moment nach, und sagt: »Drei Franc pro Armband. Wer eins haben will, der muß eben zahlen. So, mein Freund, jetzt geht's so richtig los für dich.«

An den darauffolgenden Tagen habe ich geschuftet wie ein Irrer. Ich habe weiter Lesen und Schreiben gelernt. Bei den Schularbeiten habe ich mir große Mühe gegeben, da Pierre Pelletier mir eingebleut hat, daß es sein müßte, wenn ich gescheit werden wollte. Und in meiner Freizeit habe ich Armbänder gebastelt.

Jeden Samstag bin ich wieder mit Mademoiselle Esther schwimmen gegangen. Inzwischen kann ich schwimmen, und Mademoiselle Esther ist sehr stolz darauf und wird nicht müde, mich dafür zu loben. Einmal, als wir vom Schwimmbad zurückgekommen sind, hat es im Café von Monsieur Guillaume einen Skandal gegeben. Anwesend waren mein Papa, Monsieur Kaba, Monsieur Laforêt, Monsieur Ndongala, Onkel Kouam, der mit einer Weißen verheiratet ist, die Hosen trägt, obwohl sie schon etwas älter ist, und eine ganze Sippschaft von Schwarzen, die ich nicht alle vorstellen kann, da es einfach zu viele waren. Alle hatten etwas getrunken und die üblichen Scherze gemacht. Ich kann sie nicht alle erzählen, aber ich schwöre, niemand macht so ein Höllenspektakel wie Schwarze, die in einer Gruppe zusammen sind. Die lachen über jeden Mist. Sie klatschen in die

Hände, schlagen sich auf die Schenkel, werfen den Kopf nach hinten und grinsen übers ganze Gesicht, wie eine Frau, die gerade darauf wartet, gestreichelt zu werden. Manchmal singen sie auch. Sie singen alle falsch, aber das ist wirklich nicht wichtig. In so einem Moment hat Monsieur Guillaume dieses Ding herausgeholt. Eine Figur aus Stroh mit einem weißen Gesicht und Stecknadeln überall im Körper.
»Oh!« hat Monsieur Kaba geschrien.
»Super!« hat Mademoiselle Esther gesagt.
»Was ist das?« hat mein Papa gefragt.
»Ein Fetisch, Mann!« hat Monsieur Guillaume geantwortet.
»Ein Fetisch?« haben alle gerufen.
»Jawohl!« hat Monsieur Guillaume gesagt.
»Oh!!!« haben sie alle geschrien und dabei die Augen verdreht, als hätten sie gerade ein Monster gesehen.
Mein Papa hat dann die Augen geschlossen und Beschwörungsformeln gesprochen, um die bösen Geister zu vertreiben. Anschließend hat er gesagt: »Das ist nicht gut!«
»Warum denn nicht, Papa?« habe ich gefragt.
»Weil es Sünde ist.«
»Aber du hast doch auch einen.«
Er hat mir keine Antwort gegeben. Er hat mit dem Finger auf den Fetisch gezeigt und gesagt: »Böse! Böse!«
»Stimmt«, hat Onkel Kouam gesagt. »Es ist die Verkörperung des Teufels.«
Dann hat auch Monsieur Kaba noch damit angefangen. Er hat eine ganz düstere Miene aufgesetzt.
»Armageddon!« hat er geschrien. »Isebel! Kain! Das ist der Untergang der Gerechten in den kochenden Gewässern der Hölle! Ich habe es euch ja gleich gesagt! Ich habe euch ja gewarnt!«
Monsieur Guillaume war wirklich erschüttert. Das konnte man an seinen erstaunten und starren Augen sehen, in denen ein »Warum« geschrieben stand. Es war das erste Mal, daß er die Schwarzen so erregt gesehen hat, wie tausend Schiffe in Seenot.
»Ich finde ihn eher niedlich«, hat er gestottert.

»Ich auch«, hat Mademoiselle Esther gesagt. »Er ist lustig mit seinem weißen Hut und seinem schwarzen Anzug.« Und dann ist sie in schallendes, helles Gelächter ausgebrochen.
Die Schwarzen haben sich zu ihr umgedreht. Tausend Augen haben sie gemustert.
»Nun aber mal halblang, Leute. Ich bin doch nicht der Teufel! Außerdem ist das Ganze nichts als Unwissenheit und Aberglaube und sonst gar nichts!«
Das Gesicht von Monsieur Kaba ist dunkelrot angelaufen vor Empörung; mit zitternden Händen hat er sich Wein eingeschenkt und dabei ein wenig auf der Tischdecke vergossen. Wein verschütten bringt Unglück. Also muß man das Schicksal beschwören, indem man dreimal auf den Boden spuckt. Das hat mein Papa besorgt.
Monsieur Kaba hat einen Schluck Wein getrunken. Dann hat er das Glas hingestellt und plötzlich angefangen, gehässig zu lachen.
»Seht euch mal diese Göre an, die einen Mann als unwissend hinstellen will. Die hat ja nicht die leiseste Ahnung.«
Mademoiselle Esther ist die Luft weggeblieben. Sie hat sich, ohne ein Wort zu sagen, eine Zigarette angezündet.
Mit rauher Stimme hat er weitergesprochen: »Ich habe die Schule nach der sechsten Klasse verlassen. Du aber hast die Bildung der Weißen – Gymnasium, Abitur und so – und bist trotzdem noch eine Göre. Ehrlich, es gibt noch so manches, das du lernen mußt.«
»Ich bin nicht von vorgestern, wissen Sie!« hat Mademoiselle Esther erwidert. »Ich weiß mehr als Sie vermuten.«
Ich wußte das auch.
Seit frühester Kindheit habe ich viele Dinge in dieser Sippe gelernt: so manche wertvolle Tradition, die von Generation zu Generation, von unseren Vorfahren, den Tuaregs, weitergegeben wurde. Aber manchmal vergesse ich sie wieder. Zum Beispiel weiß ich schon seit Jahren, daß man, um dem bösen Blick zu bannen, ein Goldkettchen tragen muß, denn der Zauberer, der es auf einen abgesehen hat, ist dann durch das Gold abge-

lenkt. Er überlegt, wie er es sich am besten unter den Nagel reißen kann, und läßt einen in Ruhe. Ich weiß, daß das morgendliche Urin wahre Wunder wirkt gegen Pickel, aber bis jetzt hatte ich noch keine Gelegenheit, dieses Wundermittel auszuprobieren. Natürlich weiß ich auch, daß ein zermahlener Stein gegen Angina und eine rote Muschel gegen Masern hilft. Immer, wenn ich Fieber habe, bindet M'am mir eine Knoblauchzehe ans Handgelenk, und jedesmal geht das Fieber dann runter. Ich weiß, daß, wenn man bei offenem Fenster schläft, die ganzen Zauberer der Nachbarschaft in die Wohnung kommen. Also muß man ein Glas Wasser auf das Fensterbrett stellen: die Zauberer ertrinken dann darin. Ich weiß auch, daß ein Messer, das bei Regen draußen in die Erde gesteckt wird, den Blitz vom Haus fernhält. All das weiß ich. Aber Monsieur Kaba hat recht: man kann nie schlau genug sein.

Nun war der Spaß vorüber. Mein Papa hat seinen Stuhl zur Seite gerückt und sich den Mantel angezogen. Das wirkte wie ein Wink. Ohne ein einziges Wort sind alle Schwarzen, einer nach dem anderen, gegangen.

Draußen, unter dem weiten, mächtigen, unendlichen Himmel, war die Luft frisch. Mein Papa hat sich eine Zigarette angezündet.

»Warum ist der Fetisch von Monsieur Guillaume denn böse?« habe ich meinen Papa gefragt.

»Weil es in unserer Religion verboten ist, sich ein Abbild des Menschen zu machen.«

»Sag mal Papa, und warum hast du dann auch einen?«

»Das ist nicht dasselbe«, hat er geantwortet.

Aber ich sehe da keinen Unterschied.

Die Geschichte mit dem Fetisch von Monsieur Guillaume hat die Schwarzen derart mitgenommen, daß man irgend etwas hätte unternehmen müssen. Die Schwarzen mögen Monsieur Guillaume, weil er Vater von einem weißen farbigen Kind ist, das er jetzt endgültig adoptiert hat. Plötzlich, wegen eines Fetischs, konnten ihn die Schwarzen von Belleville nicht mehr leiden. Er wurde wegen aller möglichen Dinge angefeindet. Man hat ihn beschuldigt, schmutzige Füße zu haben, Bier mit Seifenwasser zu verdünnen, die Gäste übers Ohr zu hauen, mit den Faschos gemeinsame Sache zu machen und Menschenopferrituale zu vollziehen. Niemand ist mehr dorthingegangen, bis auf Monsieur Laforêt.

Die Misere von Monsieur Guillaume hat gut und gerne zwei Wochen gedauert. Dann, eines Morgens, haben plötzlich alle ihre Meinung geändert, ohne jegliche Begründung. Nur, daß sie einfach genug davon hatten, ihn so abscheulich zu finden. Es war Monsieur Kaba, der den Anfang gemacht hat.

»Nun, alter Bruder, wie geht's?« hat er Monsieur Guillaume mit einem gigantischen Grinsen im Gesicht gefragt.

»Gut«, hat der geantwortet.

»Ist lang her, was?«

»Ja.«

Dann ist die ganze Sippschaft, einer nach dem anderen, zurückgekommen. Monsieur Guillaume hat sie aufgenommen, als wäre nichts gewesen. Der Alltag nahm wieder seinen Lauf. Die Schwarzen haben lachend »Salam aleikum« zu ihm gesagt und ihm auf die Schulter geklopft, als hätten sie sich gerade gestern das letzte Mal gesehen.

Ich habe mich sehr gewundert. Ich habe überhaupt nichts mehr verstanden. Bei den Schwarzen, da blickt man sowieso nicht durch.

*

Ich schlafe, ich wache auf. Ich schlafe, ich wache wieder auf, ich schlafe wieder ein und wache wieder auf. Ist doch wahr, ich schaffe es nicht, richtig einzuschlafen. Ich arbeite den ganzen Tag. Ich lese. Ich schwimme. Ich bastle Armbänder. Aber ich kann einfach nicht einschlafen. Ich probiere es mit Schäfchen zählen, aber auch das funktioniert nicht. Ich lasse Supermann kommen. Supermann, das ist der Hund, den ich mir erfunden habe, als M'am gesagt hat, »hat der Mensch nichts zum Essen, gibt's für den Hund nichts zu fressen«. Supermann leckt mir mit seiner Zunge das Gesicht ab, aber auch das klappt nicht. Also bleibe ich wach bis M'am sagt: »Das Licht anzulassen ist ganz schön teuer.« Also mache ich es aus. Aber einschlafen kann ich immer noch nicht. Vielleicht habe ich ja irgend etwas angestellt und der liebe Gott bestraft mich jetzt dafür. Also überlege ich, was es sein kann: Ja, ich habe M'am Kummer bereitet.

Ich stehe auf. Es ist ganz schön still. So still, daß man sein eigenes Atmen hört. Mir gefällt das; bei dem üblichen Krach tagsüber in Paris ist das mal was anderes.

Draußen läuft ein Hund ganz allein die Straße entlang und schnuppert am Asphalt.

»Was ist denn los? Schläfst du nicht?« fragt M'am.

»Hab keine Lust.«

»Bist du etwa krank?«

Ich antworte mit nein. Sie runzelt die Stirn und sagt: »Wenn ein Mann nicht schläft, dann ist es das Gewissen.«

»Stimmt.«

»Mhm, verstehe.«

Ich sehe an ihrem Blick, daß sie versteht, daß sie bereits alles verstanden hat und diese Art von Sorgen kennt und daß auch sie darüber nachdenkt.

»Ich schäme mich so, M'am. Ich habe etwas Schlechtes von dir gedacht, und auch von anderen Leuten, weil du nicht meine Mama bist.«

»Diese Tatsache bereitet mir mit Sicherheit kein Vergnügen, Loukoum.«

»Wo ist sie denn, meine Mama?«

»Keine Ahnung. Ich habe sie nie gesehen.«

»Und du hast nie etwas von ihr gehört?«

»Nein.«

»Dann ist sie bestimmt tot.«

»Du sprichst wohl besser mal mit deinem Papa«, rät sie mir. »Er ist immerhin dein Papa. Dem fällt dazu bestimmt etwas ein.«

»Ich hab dich lieb, M'am.«

Sie hat gelächelt, dann hat sie sich die Hände vors Gesicht gehalten.

Papa und ich, wir haben uns stundenlang unterhalten. Ich wollte wissen, wie sie ist, meine Mama. Groß oder klein? Was sie so anzieht. Ob sie lesen kann. Ob sie gut kochen kann. Wie ihre Haut ist. Und ihr Haar.
Ich wollte wirklich alles über meine Mama wissen. Erzähl, Papa!
Er erzählt so viel, daß er keine Stimme mehr hat.
»Warum willst du so viel über deine Mama wissen?«
»Weil sie meine Mama ist, auch wenn sie mich nicht liebt.«
Dann sind wir in die Moschee gegangen. Wir haben beide unsere Dschellabas angezogen, genau die gleichen, und auch die dazu passenden Fes für die Moschee, nur daß seine Schleife hinten rot und meine gelb ist. Wir sind nebeneinander die Rue Jean-Pierre Timbaud runtergelaufen. Es ist ein bißchen frisch draußen, aber die Sonne scheint. Wir sind sehr schick.
Auf dem Weg zur Moschee erklärt mir Papa viele Sachen. Wir sehen sehr gut aus. Frauen drehen sich um und lächeln ihm zu. M'am und Soumana sind zu Hause geblieben – moslemische Frauen dürfen nicht in die Moschee wegen der Beschmutzungen oder so etwas, ich habe das nicht so genau verstanden.
Nach dem Gottesdienst hat mein Vater mit den anderen Moslems jede Menge »Salam aleikums« ausgetauscht. Auch die Araber sind Moslems. Aber das ist nicht das gleiche.
Dann sind wir ins Café von Monsieur Guillaume gegangen. Die gesamte Sippe der Schwarzen ist da. Sie trinken etwas und unterhalten sich. Sogar Tante Mathilda und Onkel Kouam sind da. Tante Mathilda zieht immer zu kurze Hosen oder zu kurze Röcke an, trinkt Cognac und raucht. Manchmal, wenn mein Papa von ihr spricht, dann fallen dabei Wörter wie »Nutte«, »Hure«, »Strich-« oder »Freudenmädchen«. Aber wenn Tante Mathilda anwesend ist, sagt er nichts dergleichen. Dann lächelt er ihr sogar zu. »Na, mein Schatz, wie geht's, wie steht's?«
»Kaputt«, sagt sie.
Abgesehen von dem hübschen Hintern, den sie auf ihren hübschen Beinen durch die Gegend trägt, hat meine Tante auch noch ein schönes Gesicht. Mein Papa sagt, daß sie sich nicht wie eine ehrbare Moslemfrau benimmt.

Onkel Kouam ist irgendso ein Beamter. Er geht zum Pferderennen. Er setzt zuerst auf die Nummer drei, »Gutes Herz«, dann auf die Nummer sieben, und schließlich auf die Nummer neun, »Paradies«.
»Da muß man ja der Oberspinner sein, um auf den auch nur einen müden Franc zu setzen«, sagt Monsieur Guillaume. »Der würde auch dann im Klee landen, wenn er von Zorro geritten würde.«
»Kouam sollte lieber mit dem Wetten aufhören«, sagt Tante Mathilda. Dann sagt sie, daß es Zeit wird, daß sie ein Auto bekommt, denn das alte läuft so schlecht, daß man es noch nicht einmal geschenkt haben möchte. Sie geht zur Tür, wirft einen Blick auf den Wagen und sagt: »Ein Haufen Schrott.«
»Die braucht ein Kind, das ist alles, was ihr fehlt«, sagt mein Papa zu Onkel Kouam.
»Sie will keins.«
»Du brauchst sie ja nicht um Erlaubnis zu bitten. Frauen sind doch bloß gut zum ...« An der Stelle bricht er seinen Satz ab.
Onkel Kouam schüttelt den Kopf und sagt: »Du hast Glück gehabt, mein Alter. Ich schwör's. Die da, die ist stur wie ein Maulesel.«
Dann frage ich Tante Mathilda: »Warum bist du stur wie ein Maulesel?«
»Wer hat das gesagt?«
Ich antworte nicht.
»Warum bist du seine Frau geworden?«
»Schicksal.«
»Ja«, sage ich. »Ich werde auch mein Schicksal bekommen. Ich werde nämlich heiraten ...«
»Im Ernst?«
»Ja.«
»Wer ist es denn?«
»Ein Mädchen aus der Schule.«
Sie lacht und sagt: »Eine Liebelei.«
»Es ist ernst.«
»Was sagt denn ihre Mutter dazu?«

»Die kenne ich nicht.«
»Und ihr Vater?«
»Keine Ahnung, wer das ist.«
»Und sie, was sagt sie denn dazu?«
»Ich habe es ihr noch nicht gesagt.«
»Na sowas! Und da willst du also heiraten, mein Kleiner? Gratuliere!«
Aber ich kann ihr ansehen, daß sie mir kein Wort davon glaubt.

Mein Vater ist seit einigen Tagen verschwunden. Er kommt nicht nach Hause, und Mademoiselle Esther ist auch nirgends zu finden. Sie geht nicht mehr mit mir schwimmen. Die Frauen unterhalten sich. M'am betet und betet und macht nichts anderes als beten. Soumana ist die Wut in Person. Manchmal sagt sie: »Ich werde nicht ruhig schlafen, bevor ich ihn nicht umgebracht habe.«
Die Kinder sehen sie an und fangen an zu weinen, und sie brüllen: »Mama! Mama!« Aber sie reagiert nicht, so als hätte sie es nicht gehört. Sie kümmert sich nicht mehr um die Kleinen. Oft berührt sie sie, aber noch nicht einmal so, wie man einen Hund streicheln würde. Eher so, als wären sie ein Hocker oder ein Stück Holz. Es ist M'am, die ihren Teil der Hausarbeit für sie mitmacht. Manchmal haben meine Schwestern nachts Alpträume. Sie schreien. Dadurch wachen alle auf. M'am knipst das Licht an und sieht nach ihnen. Sie tätschelt ihnen die Schulter und versucht sie zu beruhigen. Sie ist sehr lieb zu uns.
Heute hat M'am eine Frau mit nach Hause gebracht. Eine Weiße. Sie trägt einen Kamelhaarmantel. Sie hat viele Haare auf dem Kopf, so ganz blonde, was sehr auffällig ist.
»Das ist meine Freundin«, sagt M'am.
Die Frau heißt Madame Saddock. Sie spricht sehr leise, als würde im Zimmer jemand schlafen, aber es schläft niemand hier. Mit großen Augen sieht sie sich um. Sie denkt vielleicht, daß wir eine Minderheit darstellen, da wir nicht alles haben, was zum Lebensstandard gehört, wie zum Beispiel das Gas der Stadt

Paris, das nicht bis hierher kommt. Aber sie macht keine blöden Bemerkungen. Schon als sie das erste Mal den Mund aufgemacht hat, war mir klar, daß das für sie kein Problem ist.
»Das ist ja unerträglich«, sagt sie. »So etwas darf man sich nicht gefallen lassen. Ihr müßt euch wehren! Ich werde das nicht für euch machen.«
»Das stimmt«, sagt Soumana. »Ich habe die Nase gestrichen voll!«
»Also, worauf wartest du noch? Darauf, daß du am Boden zerstört bist?«
»Ich kann nicht mehr«, sagt sie. »Dieser Mann, der ist eine üble Saat. Der vergiftet alles.«
»Es ärgert dich, weil du glaubst, daß er allgegenwärtig ist«, sagt M'am. »Glaubst du etwa, er ist Gott? Er ist es nicht. Erzähl deinem Gott davon. Vertraue ihm dein Leben an, und du wirst sehen, dann geht es besser.«
»Das ist nicht so einfach«, sagt Soumana.
»Völlig richtig«, meint Madame Saddock. »Ich weiß noch nicht einmal, ob es Gott überhaupt gibt. Eines dagegen weiß ich bestimmt: Der Mann ist überall. Er ist es, den ihr bekämpfen müßt.«
»Es gibt noch einen Gott«, sagt M'am. »Wenn ein Typ dir auf die Nerven geht, dann denkst du an die Vögel, die Blumen oder die Bäume. All das sind Geschöpfe des Herrn. Er hat sie für die Frauen geschaffen, weil Männer für so etwas keinen Sinn haben.«
»Ich kann nicht mehr!« schreit Soumana. »Gott oder nicht Gott, ich will mein Leben leben.«
»Das ist dein gutes Recht«, sagt Madame Saddock.
»Jawohl. Ich will leben.«
»Etwas besitzt du doch schon«, entgegnet M'am. »Du hast Kinder.«
»Er auch. Was ihn nicht daran hindert, sie sitzenzulassen und hinter den Weibern herzurennen.«
»Du kannst dich ja scheiden lassen«, schlägt Madame Saddock vor.

»Dazu müßte sie erst einmal verheiratet sein«, sagt M'am.
»Wenn das so ist, dann kannst du ja gehen, wann immer du willst.«
»So einfach ist das nicht«, antwortet Soumana.
»Und warum nicht?« fragt Madame Saddock. »Du bist frei und kannst gehen, wann immer es dir gefällt!«
»Und meine Kinder? Was wird aus denen?«
»Das ist kein Problem. Die Kinder werden immer der Mutter zugesprochen.«
»Von wegen! Ich kann noch nicht einmal beweisen, daß meine Kinder auch wirklich meine Kinder sind.«
»Warum nicht?«
»Weil ich keine Papiere habe. Ich habe nichts. Die Kinder sind gerade mal aus meinem Bauch gekommen, und es war M'am, die mir für die Entbindung ihre Papiere geliehen hat. Also...«
»Das ist ja schrecklich«, sagt Madame Saddock. »Das ist skandalös! Es ist kaum zu glauben, daß so etwas heutzutage noch möglich ist.«
»Die Menschen haben ja auch den Sohn Gottes umgebracht, also... Ach, ist nicht so wichtig«, sagt M'am.
Da haben sie sich angeguckt wie ein Kalb das andere.
Dann hat Madame Saddock gefragt: »Stört es, wenn ich rauche?«
»Nein«, sagt M'am.
Sie geht zum Fenster, öffnet es und sagt: »Du mußt aber ein bißchen mit der Asche aufpassen, es kommt vor, daß er nach Hause kommt und es ihm sofort auffällt.«
»Ihr wollt keine?« fragt Madame Saddock.
»Die Religion verbietet das Rauchen«, antwortet Soumana.
»Muß man mal probiert haben.«
»Ich lege keinen Wert darauf. Angeblich ist es gesundheitsschädlich.«
Madame Saddock zündet ihre Zigarette an, zieht daran und sagt: »Das sind Gerüchte. Mein Vater hat geraucht wie ein Schlot, und gestorben ist er in seinem Bett mit über fünfundachtzig Jahren.«

Madame Saddock hat angefangen, den Frauen jede Menge Sachen zu erklären. Sie hat von Vereinigungen zur Verteidigung der Frauen und von der Revolution der Frauen 1968 gesprochen, bei der die Frauen ihre Kräfte vereint haben. Seit dieser Zeit, sagt sie, haben sie die gleichen Rechte wie die Männer. Sie sind frei. Sie arbeiten. Sie verwirklichen ihre Träume. Sie hat noch 'ne Menge anderer Sachen erzählt, von Frauen, die in Büros Chefs von irgend etwas sind, von Frauen in der Medizin und Frauen in der Politik. Sie hat so viel geredet, daß ihr am Ende der Hals wehgetan hat. Ich persönlich weiß das alles, aber ich verstehe nicht, was sie damit sagen will.

Anschließend wollte sie ein Stück Papier und einen Stift. Sie hat etwas draufgekritzelt und es Soumana gegeben. Dann ist sie aufgestanden und gegangen.

*

Nach einer Woche ist mein Papa wieder nach Hause zurückgekommen. Er läuft schwankend zum Sessel und läßt sich hineinfallen wie ein nasser Sack. Er wirkt traurig und völlig kaputt. Er spricht mit niemandem. Es gibt 'ne Menge Fragen, die mir auf den Nägeln brennen: Wo war er? Mit wem? Was ist passiert? Ich muß mir auf die Zunge beißen, damit ich ihn nicht ausfrage.

Er schläft bis zum Essen. Erst als die Frauen mit dem Kochen fertig sind, linst er mit einem Auge. Dann schlurft er langsam aus seinem Zimmer, setzt sich in den Sessel und schaltet den Fernseher an. Er nimmt sich eine Kolanuß, beißt hinein, kaut und spuckt an die Wand. Flick-flack! Dann dreht er sich zu Soumana um.

»Hol mir mal ein Glas Wasser«, sagt er trocken.

Sie hebt den Kopf und sieht ihn an.

Zunächst verzieht sie keine Miene. Ihre große, platte Nase sieht aus wie immer. Ihre fleischigen Lippen ebenfalls. Nur ihre großen Augen funkeln; man könnte meinen, sie wollten eine Schlange töten. Dann mustert sie meinen Papa von Kopf bis Fuß und fängt an glucksend zu lachen.

»Na endlich!« sagt sie.
Dann habe ich mir ein Herz gefaßt und gefragt: »Sag mal, Papa, was genau ist denn eine moderne Frau?«
Mein Papa sagt ohne aufzublicken: »Wer hat dir denn davon erzählt?«
»Weiß ich nicht«, lüge ich.
Ich getraue mich nicht, ihm von Madame Saddock zu erzählen.
»Kein Mensch hört sich an, was diese Art von Frauen so alles von sich geben. Die sind geschwätzig wie Elstern. Kein Mann will so eine haben. Das ist auch der Grund, warum sie Revolutionen machen.«
Er beißt in die Kolanuß, kaut und sagt: »Hör zu, Loukoum, du bist mein Erbe. Alles was ich besitze, wird eines Tages dir gehören. Also hör gut zu. Diese Art von Frauen sind schlecht. Die machen für jeden die Beine breit. Denen darf man niemals glauben. Niemals!«
Soumana möchte ich nicht erben, das schwör ich! Eine Schwarze, die fünfundachtzig Kilo wiegt und wo ein Kilo so häßlich ist wie das andere, die sieht schon eigenartig aus.
Die Frauen haben Couscous gemacht. Das ist sehr nahrhaft. Nur, daß Fatima nicht aufhört zu heulen. Mein Papa hat sie gehauen.
Danach habe ich nochmal ein wenig Schreiben geübt, denn morgen haben wir ein Diktat.

Das Diktat war nicht gerade einfach. Besonders schwer war es aber auch nicht, nur daß es im Französischen schwierige Wörter gibt, und ich nicht besonders schnell schreiben kann. Kaum hatte ich angefangen mit »machen«, da waren wir schon bei »lachen«. Das fand ich nicht besonders toll. Nun ja, ich habe mein Bestes gegeben. Für Pierre Pelletier ist Schreiben kein Problem. Wenn er fertig ist, guckt er auf mein Blatt Papier und lächelt mir aufmunternd zu.
Nach der Schule hat Mademoiselle Garnier mich zu sich gerufen. Sie hat sich zu mir heruntergebeugt, die Hand ausgestreckt

und gesagt: »Glückwunsch, Mamadou! Du hast dich achtbar aus der Affäre gezogen.«
Sie hat wunderbare lange Hände mit wohlgeformten rosa Fingernägeln. Es ist ein Genuß, sie anzusehen.
»Mach weiter so.«
»Inschallah«, sage ich.
Sie lacht. Dann dreht sie sich um und geht.
Ich war vollkommen baff.
Ich stehe noch ein bißchen in der Gegend herum, um mich wieder zu beruhigen. Normalerweise gehe ich mit Alex nach Hause, aber der hat nicht auf mich gewartet. Es ist überhaupt nichts los – dabei hätte ich gern, daß irgend etwas los wäre.
Anstatt direkt nach Hause zu gehen, biege ich in die Rue Ramponeau ein und lande kurz darauf in der Rue de Belleville. Ich sehe mich um. Da sind chinesische Restaurants, wo gegrillte Hähnchen im Fenster hängen. Die haben so manche Vorspeise, die ich nicht kenne. Also gehe ich weiter und sehe mir das alles an. Irgendwann möchte ich mal in einem Restaurant essen. Aber M'am sagt, das ist wie wenn man Geld aus dem Fenster eines fahrenden Zuges wirft.
Dann ist etwas passiert. Ich sehe Lolita. Sie ist unterwegs mit Johanne. Sie laufen auf der anderen Straßenseite. Ich überquere die Straße, damit sie mich sehen. Aber vielleicht sind sie ja beschäftigt und sehen mich deshalb nicht. Ich laufe hinter ihnen her. Sie unterhalten sich. Lolita schwingt ihre Tasche hin und her wie eine feine Dame. Es geht hin und her, hin und her. Die Tasche berührt ihren Rock und formt darin so eine Art Welle. Auf jeden Fall ist sie toll.
Lolita geht in das Haus Nummer fünfundsechzig. Der Eingang mündet in einen Hof. Ihre Wohnung ist die im zweiten Stock mit dem großen Fenster und den weißen Gardinen. Ich weiß das, weil ich sie einmal dort auf dem Balkon gesehen habe. Aber Lolita hat mich nicht bemerkt. Ich würde gern in so einem Haus wohnen. Ich nehme ein Blatt und male etwas. Ich will es unter Lolitas Tür durchschieben. Na ja, sage ich mir, sie weiß dann ja noch nicht einmal, daß es von mir ist.

Mit meinem Bild in der Hand beobachte ich Lolitas Fenster. Während ich warte, kommen zwei Streifenpolizisten auf mich zu. Ich habe Angst, aber ich rühre mich nicht, denn sobald man wegrennt, ist man von vornherein schuldig. Also schaue ich weiter zu Lolitas Fenster rauf, als ob nichts wäre. Der eine Bulle sieht mein Bild.
»Was hast du denn da gemalt? Eine Kröte?«
»Nein. Das ist ein Hund.«
Er sieht mich an, nimmt das Bild und zeigt es seinem Kollegen. Sie platzen vor Lachen.
»Du bist wohl nicht ganz dicht, was?«
»Jawohl, Monsieur.«
»Bei diesen Schwarzen muß man auf alles gefaßt sein.«
»Geben Sie mir mein Bild zurück, Monsieur.«
»Ach, ist das lustig«, sagt er.
Aber mir ist gar nicht zum Lachen zumute. Ich springe hoch und reiße ihm mein Bild aus den Händen.
»Wirst du dich wohl beruhigen, du kleiner Spinner!«
»Laß ihn in Ruhe«, sagt der andere Bulle.
Ich schaue nach oben und sehe Lolita. Sie sieht mich und schreit: »Oh, là, là! Was für ein tapferer Junge!«

Zu Hause unterhalten sich die Frauen. Sie stehen auf und schwätzen. Sie putzen den Boden und schwätzen. Sie kochen und schwätzen.
»Ich traue meinen Augen nicht, er ist wieder da.«
»Ich habe es dir doch gesagt, man muß bloß Geduld haben.«
»Für mich ändert das aber nichts an der Tatsache, daß ich weg will.«
»Und wo willst du hingehen? Du kennst doch niemanden.«
»Ich werde mich schon irgendwie durchschlagen. Ich bin auch nicht schlechter als die, die in irgendwelchen Filmen ihren Hintern zur Schau stellen.«
M'am lächelt. Da läßt Soumana ihren Zahnstocher in die andere Mundhälfte wandern. Sie ist beleidigt.
Sie geht raus. Als sie wieder in die Küche kommt, sieht sie aus,

wie ich sie vorher noch nie gesehen habe. Sie hat einen Hut auf, der ihr nicht steht, weil er einfach unmöglich aussieht. Sie trägt eine graue Glencheckhose, die ihr einen unbeschreiblichen Hintern macht, weil die Hose fast aus allen Nähten platzt. Soumana hat ihre Krokodilledertasche in der Hand. Sie hat sie aus Afrika und behält sie aus Gründen, die ich sehr wohl kenne: Nostalgie. Sie sieht uns an, voller Eleganz, wie eine Fremde, jemand, der noch nie gedient hat.

M'am betrachtet sie von Kopf bis Fuß, dann sagt sie: »Zieh das lieber aus, bevor er zurückkommt.«

»Auf keinen Fall! Ich gefalle Abdou in Hosen. Früher hatte ich eine rote. Das hat ihn unheimlich scharfgemacht. Wie einen Stier, falls du weißt, was ich meine.«

Da lächelt sie, als hätte sie gute Neuigkeiten erhalten. An ihren Augen sieht man, daß sie mit ihren Gedanken weit, weit weg ist, daß sie rosarote, grenzenlose Gedanken hat. Himmlische Gedanken. M'am zuckt mit den Schultern.

»Ich glaube, daß ich Filmschauspielerin werden kann«, sagt Soumana und legt dabei eine Hand an ihre Hüften und klimpert mit den Augen.

»Warum nicht gleich Königin von England?«

»Hab ich nicht dran gedacht. Aber stimmt, das paßt auch.«

Sie schweigt. Dann wirft sie den Kopf nach hinten und fährt fort: »Schließlich hat Grace Kelly auf diese Weise ja ihren Fürst Rainier von Monaco kennengelernt.«

»Aber sicher doch«, sagt M'am prustend. »Vergiß nicht, mir eine Einladung zur Hochzeit zu schicken.«

»Und wie willst du es machen, um Schauspielerin zu werden?« frage ich.

»Ich gehe nach Cannes. Dort gibt es Filmproduzenten. Einer von denen wird sich in mich verlieben, und dann …«

Dann hat sie weitergeredet wie in einem Selbstgespräch.

»In Cannes, da ist das Meer, dort gibt es englische Lords, die am Strand spazierengehen, Yachten, Vögel, Clowns auf den Straßen, Bälle, die vom Himmel fallen, und Prinzessinnen von Monaco, die sich an den Stränden in Unterwäsche prügeln. Ich

werde wunderbare Kleider bekommen, Pelzmäntel, Autos, Schmuck...«
»Und eine ordentliche Tracht Prügel«, sagt M'am lachend.
»Ich werde niemals zulassen, daß sich jemand an mir vergreift. Du hast ja gehört, was Madame Saddock gesagt hat. Der soll nur mal probieren, die Hand gegen mich zu erheben, und ich hetze ihm alle Frauen von Frankreich auf den Hals.«
Kaum hat sie fertiggesprochen, da kommt mein Vater zur Tür rein. Er ist nicht allein. Onkel Kouam ist bei ihm.
Als sie sehen, wie Soumana angezogen ist, muß sich Onkel Kouam die Hand vor den Mund halten, um nicht zu lachen. Mein Papa sieht sie an, als wäre sie ein Stück Dreck, und noch dazu mit einem Blick, der zu sagen scheint: »Was ist denn das für ein Monster?«
»Schaff mir das da sofort aus den Augen!« sagt mein Papa.
»*I no be talk*!« sagt M'am.
Soumana senkt den Kopf. Sie geht sich umziehen. Aber bevor sie verschwunden ist, habe ich ihren Blick gesehen. In ihren Augen waren alle Dämonen Afrikas versammelt. Sie setzen sich und M'am bringt ihnen einen Pfefferminztee. Mein Papa öffnet eine Kolanuß. Er gibt Onkel Kouam ein Stück davon.
»Ich frage mich, was ich machen soll, damit Mathilda auf mich hört«, sagt er zu meinem Papa. »Immer macht sie, was sie will. Sie gehorcht nie, und noch dazu gibt sie Widerworte. Abends, wenn sie mit Freunden ausgehen will, dann haut sie einfach ab. Ich sage ihr, daß wir verheiratet sind, und daß ihr Platz ja eigentlich an meiner Seite ist. Dann antwortet sie, daß das kein Hinderungsgrund sei. Wenn ich wolle, könne ich ja mitkommen. Teufel nochmal! Dann putzt sie sich vor dem Spiegel heraus und pfeift dabei. Ich weiß nicht mehr, was ich machen soll...«
»Dann verpaß ihr halt eine! Das ist das einzige, das bei den Weibern was nützt. Du schlägst sie und schl... Dann kannst du in Ruhe sterben.«
Onkel Kouam schaut auf seine Hände. Es ist ihm peinlich.
»Ich kann nicht«, sagt er leise.
»Dann darfst du dich auch nicht beschweren...«

»Ich glaube halt, daß es auch noch eine andere Möglichkeit gibt.«
»Dann such eben danach, aber ohne mich.«
Es folgte ein langes Schweigen. Mein Papa hat ausgespuckt. Flick-flack!
Soumana sitzt in der Küche und weint. Sie ist total am Boden. Natürlich nicht wirklich. Das ist so eine Redensart, um zu sagen, daß sie völlig fertig und niedergeschlagen ist. M'am macht das Essen. Rinderbrust mit Jamswurzeln. Sie guckt nicht zu Soumana rüber. Niemand kann ihr wieder beibringen, wie man lebt, selbst wenn man sie gern hat. Das heißt, wie man läuft, ohne ans Laufen, und wie man ißt, ohne ans Essen zu denken, und wie man wieder lacht wie ein Baby, das sich über das Rasseln eines Armbandes freut. Niemand kann ihr die Jugend wiedergeben. Ich nehme ihre Hand. Das ist alles, was ich für sie tun kann.

Danach bin ich raus auf die Straße gegangen. Ich hatte Lust spazierenzugehen. Da habe ich Monsieur Ndongala getroffen.
»Na, mein kleiner Loukoum, wie geht's?«
»Sehr gut, Monsieur Ndongala«, antworte ich. »Und Ihnen?«
»Wenn man hier ein Schwarzer ist, dann ist nichts zu machen!«
Monsieur Ndongala ist sehr nett, und es gibt niemanden, der so gut aussieht wie er. Bei der Polizei ist er nicht besonders beliebt, da er gelegentlich zu Massenversammlungen aufruft. Er sagt, daß er auf eine günstige Gelegenheit wartet und dann nach Afrika geht, um den Leuten dort bestimmte Dinge einzutrichtern. Er sagt, die Afrikaner seien wie die Weißen. Sie glauben, sie seien der Nabel der Welt. Wenn die Bosse Straßen bauen lassen, dann meinen sie, es wäre für sie, obwohl sie doch gar kein Auto haben. Wenn man ihn genau anschaut, dann sieht man, daß Monsieur Ndongala geradezu dazu prädestiniert ist, König zu sein, den Leuten Tritte in den Hintern zu geben, und andere vor sich verneigen zu lassen. Ich kann ihn mir gut anstelle von Kaiser Bokassa vorstellen. Ich beiße mir immer auf die Zunge,

um nichts zu sagen, da mich ja sowieso nie jemand nach meiner Meinung fragt.

Ich mag Monsieur Ndongala, weil er sich wehrt. Wenn er eine Massenversammlung heraufbeschworen hat und die Polizei kommt, dann redet er trotzdem weiter. Und wenn man ihn befragt, dann antwortet er: »Meine Papiere sind in Ordnung.« Dann spricht er weiter, und niemand kann ihm etwas anhaben, da er sich einwandfrei als Student ausweisen kann.

»Wie geht es Ihrer Frau?« frage ich.

Er sieht mich verträumt an.

»Welche meinst du?«

Ich überlege, dann sage ich: »Die mit den silbernen Haaren.«

»Sonja?«

»Ja, genau.«

»Die ist weg!«

»Und warum ist sie weggegangen?«

»Wenn eine Frau heiratet, dann ist es doch wohl, um sich um Haushalt und Kinder zu kümmern. Das hätte mal einer sehen sollen! Die Wohnung war verdreckt, die Kleine nicht gewaschen. Ständig eine laufende Nase. Widerlich. Es hat mich sogar geekelt, sie anzufassen.«

»Sie könnten die Arbeit doch auch selbst machen...«

»Neiiin! Das ist Frauensache... Außerdem konnte sie nicht kochen.«

»Ihre Zitronentorte hat mir geschmeckt«, sage ich. »Nun, vielleicht hatte sie ja auch einfach keine Lust mehr zu bleiben...«

Er scheint ein ausgeglichenes Gemüt zu haben, denn er lacht. Dann sagt er: »Komm doch irgendwann einmal bei mir vorbei. Dann stelle ich dir Patricia vor, meine neue. Ihre Schokoladencreme ist allererste Sahne!«

»Ja, irgendwann einmal«, antworte ich, die Hände in den Hosentaschen. »Irgendwann...«

*

Mademoiselle Garnier hat uns Biologieunterricht gegeben. Zunächst hat sie die ganze Zeit geredet. Sie hat gesagt, daß die Tiere in zwei Klassen unterteilt sind: in die Wirbeltiere und in die wirbellosen Tiere. Die Säugetiere sind die am weitesten entwickelten auf der Rangordnung der Lebewesen, und die Primaten die am weitesten entwickelten der Säugetiere, und der Mensch steht an der Spitze und übertrifft alles, weil er die Sprache besitzt. Diese Theorie gefällt mir nicht. Ich frage mich, wo man wohl meine Familie einordnen würde.
Wir sind in den Zoo gefahren. Wir mußten uns Hand in Hand in Zweierreihen nebeneinander stellen. Eine ganze Herde, wie Monsieur Ndongala sagen würde. Mademoiselle Garnier schreit die ganze Zeit herum: »Haltet euch bei der Hand! Bleibt bei mir!« Sie hat Angst, jemanden zu verlieren, und ich denke insgeheim, daß sie noch verrückt wird, wenn sie so weitermacht.
Es ist voll in der Metro. Niemand unterhält sich, nur die Kinder schreien. Die Luft ist heiß und stickig. Je länger wir fahren, desto schlimmer wird es. Ich fächele mir mit einem Schulheft Luft zu. Hinter uns verschwinden die Gleise. Ich weiß nicht warum, aber das ist ein Wahnsinnsgefühl. Plötzlich taucht vor mir und Sylvain Durand eine alte Frau auf. Mit ihrer Streifenhose und ihrer blauen Mechanikerjacke sieht sie wirklich aus wie eine Irre. Sie hat nur noch drei Haare auf dem Kopf, so daß man das Gefühl hat, man kann ihre Gedanken darin lesen, das ist eigentlich auch der Grund, warum ich glaube, daß sie verrückt ist.
»Super!« sagt sie. »Ich habe Ferien.«
Dann setzt sie sich direkt vor uns hin.
»Ich bin Vorsitzende einer Gesellschaft«, sagt sie. »Es macht Spaß, seine Freizeit zu genießen und die Arbeiter schuften zu lassen. Was will das Volk bloß?« fragt sie.
Die Schüler kichern. Mademoiselle Garnier fängt sofort an zu keifen: »Machen sie mal halblang, Madame, machen sie mal halblang.«
»Kommt überhaupt nicht in die Tüte!« sagt die ältere Dame. »Ich habe mir zusammen mit einer Freundin für hundertfünf-

zigtausend Franc eine Villa gekauft. Natürlich habe ich sie nicht allein gekauft. Ich muß monatlich tausendfünfhundert Franc abbezahlen. Das ist doch verrückt, meinen Sie nicht?«
»Das sehe ich ganz genauso«, antworte ich.
»Sei still, Loukoum«, sagt Mademoiselle Garnier.
»Das ist es, was Freiheit bedeutet«, schreit die ältere Dame. »Man muß die Kinder sagen lassen, was sie wollen.«
»Vielen Dank, Madame«, sag ich ihr. »Weil bei uns zu Hause dürfen Kinder nämlich nichts sagen.«
»Also sowas! Sowas aber auch! Nun, ich sage: so etwas ist nicht normal, ganz und gar nicht normal! Komm mal mit, komm mal mit.« Da fängt sie an, mich am Ärmel zu ziehen: »Komm, mein Kleiner, komm. Ich werde dich beschützen.«
Madame Garnier droht ihr: »Ich werde die Polizei holen.«
»Wie wär's denn mit Gott?« hat die verrückte Alte erwidert. »In diesem Land bekommt man sowieso nie, was einem zusteht, also wäre es vielleicht wirklich besser, wenn Sie Gott holen würden. Vielleicht weiß der eine Lösung.«
Sie redet so heftig, daß ich kleine Spritzer von Speichel abbekomme. Ich sehe aus wie ein begossener Pudel mit der ganzen Spucke im Gesicht. Alles lacht. Loukoum stiinkt! Loukoum stinkt! Sogar Lolita beteiligt sich an der Hänselei. Von dort, wo ich stand, kann ich sie nicht sehen, aber mein Herz kann ihr Lachen hören. Dann streckt sie sich ein wenig und zeigt mir ihr Gesicht, und ich spüre so etwas wie starke Zuneigung in meinem Herz. Es klopft, klopft und klopft. Eine Frau, das ist schon etwas, auch wenn es Komplikationen mit sich bringt.
Im Zoo gibt es Bäume und Zäune, damit Paris nicht zu einem Urwald wird wie drüben in Afrika, wo die Tiere Menschen fressen dürfen. Es ist wirklich typisch für die Weißen, daß jedes Tier ein eigenes Haus hat, nur daß sie keine Dächer haben und unter freiem Himmel schlafen müssen. Wenn es nicht so kalt wäre, dann hätte ich auch mal gern ein Haus ohne Dach, dann könnte ich mit den Sternen sprechen. Es gibt hier Wege mit Wegweisern und Schildern, wo »Affen« oder auch »Löwen« oder sowas ähnliches draufsteht. Wir haben sie uns angesehen. Es gibt auch

Schimpansen, die sich gegenseitig die Läuse aus dem Fell holen. Sie stecken sie in den Mund und essen sie, und ich schaue und schaue, weil ich dachte, daß nur die Frauen anderen Leuten Läuse vom Kopf holen, wie da drüben in Afrika, als mein Papa ganz viele Läuse hatte, und meine Großmutter, die ich nicht kenne, immer zu ihm gesagt hat: »Komm her, damit ich deine Läuse kaputtmachen kann!«

Anschließend sind wir zu den Kamelen und den Schildkröten, dann zu den Gazellen und den Stachelschweinen gegangen. Aber gesehen habe ich nichts, weil sie sich die ganze Zeit in einem Loch verkrochen und geschlafen haben. Dann hat Mademoiselle Garnier gesagt: »Jetzt ist Essenszeit, Kinder.«

Alle Kinder haben es sich auf dem Rastplatz gemütlich gemacht. Sie haben ihr Essen ausgepackt: gefüllte Schokoladenkekse, die ich überhaupt nicht mag, aber auch Rosinenkuchen, Vanilleplätzchen und noch viele andere Sachen, die ich sehr gern esse, die mir M'am aber aus Sorge um die Einhaltung der allgemeinen Sparmaßnahmen nicht mitgegeben hat. Ich habe meinen Maiskuchen rausgeholt. Er war voller Palmöl, das mir überall an den Fingern runtergelaufen ist. Da hat sich Lolita vor mich hingestellt: »Was ißt du denn da?« fragt sie mich aus Neugier und nicht, weil sie sich ekelt.

»Das sind Maiskuchen«, antworte ich.

»Kann ich mal probieren?«

Das wirkt wie ein Schock, und ich kann mich überhaupt nicht bewegen. Ich stehe da wie angewurzelt. Ich schaue ihr in die Augen und mein Herz sagt: »Was immer du willst, Prinzessin, was immer du willst.«

»Wenn du nicht willst, mußt du es ihr nicht geben«, sagt Alex.

Er hat seinen Satz kaum zu Ende gesprochen, da sage ich fast schon ein wenig voreilig: »Aber ich will ihr meinen Maiskuchen geben.«

Mademoiselle Garnier sieht mich an, als würde ich etwas Böses im Schilde führen. Die Schüler tuscheln irgend etwas und fangen plötzlich an zu lachen.

Lolita beißt in den Kuchen und sagt: »Das schmeckt prima!« Dann wischt sie sich die Finger an ihrem Rock ab.
Plötzlich sagt Mademoiselle Garnier: »Packt eure Sachen zusammen Kinder, es ist Zeit sich wieder die Tiere anzugucken.«
Dann sind wir wieder losgegangen. Es gibt hier alles mögliche an Tieren. Panther mit Zähnen wie Haie. Natürlich haben Panther nicht wirklich Zähne wie Haie, aber mein Papa sagt immer: »Vor dem da mußt du dich in acht nehmen, das ist ein Kredithai!«
Alex fängt auf einmal an neben mir auf dem Boden herumzukrabbeln.
»Was ist denn mit dir los?«
»Meine Mutter hat mich erkannt«, sagt er.
»Ach ja? Hast du sie gesehen?«
»Ja«, sagt er. »Sie steht da vorne.«
»Wo?«
Er hat nicht geantwortet, sondern nur auf ein Zebra und sein Junges gezeigt. Und ich war peinlich berührt, wie wenn man als Betroffener auf frischer Tat ertappt wird. Aber einen in Verlegenheit bringen, das ist Alex' Spezialität. Eines Tages als wir noch ganz klein waren und noch all unsere Milchzähne hatten, da hatte er das Wort »Idiot« gelernt. Und diesem Schwachkopf ist nichts Besseres eingefallen, als sich ins Café von Monsieur Guillaume zu setzen und zu jedem, der reinkam, »Idiot« zu sagen. Der hat wirklich die Art, einen immer in unangenehme Situationen zu bringen.
Wir sehen uns auch die Elefanten an. Sie legen majestätisch ihren Rüssel auf den Boden, um damit ihr Essen zu packen und es dann in den Mund zu schieben. Ihre großen Ohren hängen trottelig vom Kopf. Ich weiß zwar nicht warum, aber ich habe schon immer gedacht, daß Elefanten die Könige des Urwalds sind. Woanders gibt es so etwas nicht, außer vielleicht in Afrika. Monsieur Ndongala sagt, die Afrikaner sind so dumm und töten alle Elefanten wegen ihrer Rüssel, weil Elefantenrüssel nämlich so wertvoll sind wie Diamanten. Dann verkaufen sie die Rüssel an die Weißen. Angeblich verkaufen sie sogar ganze Dörfer.

Dann fangen die Weißen an herumzubefehlen. Sie sagen: »Holzt alles ab!« und die Afrikaner gehorchen. Sie fällen riesige Mahagonibäume, Affenbrotbäume, einfach alles! Angeblich gibt es dort bald noch nicht mal mehr Schatten, wo man sich mal so richtig ausruhen kann.
Ich denke auch an Soumana. Ist doch wahr: wäre sie ein Elefant, dann würde sie sich über ein paar Kilo mehr oder weniger keine Gedanken machen. Aber sie ist keiner. Jeder sollte sich aussuchen können, was er gern wäre. Ich wäre gern ein Vogel. Ein Adler. Dann hätte mir noch nie irgend etwas einen Schrecken eingejagt. Ich würde über alles hinwegfliegen und die Dinge mit Weisheit betrachten.
Danach gehe ich in einigen kaum beleuchteten Ecken des Weges spazieren. In einer Wegbiegung sehe ich Lolita. Sie dreht mir den Rücken zu. Vielleicht hat sie ja gerade nichts vor? Ich rühre mich nicht. Ich warte. Man soll sein Glück nicht zwingen. Es ist stark genug, um sich von allein in Bewegung zu setzen und mir einen Besuch abzustatten.
»Magst du keine Elefanten?« fragt sie mich.
»Natürlich«, antworte ich.
»Du lügst.«
»Stimmt ja gar nicht!«
»Du bist wie all die anderen Typen auch«, sagt sie. »Immer lügst du. Und wenn deine Freunde dabei sind, dann bist du so klein mit Hut.«
»Das ist nicht wahr.«
»Das ist wohl wahr. Ich habe dich vorhin mit Alex gesehen. Du hast so getan, als ob die Mädchen dich nicht interessieren würden, dabei schaust du mich und auch die anderen die ganze Zeit an.«
Inschallah!
Dann sind wir wieder zurückgefahren. Als wir wieder im Klassenraum waren, hat Mademoiselle Garnier gesagt: »Ab heute habt ihr bis zum sechsten Januar Ferien.«
»Hurra!« schreien alle.
»Langsam Kinder!« sagt Mademoiselle Garnier.

Sie hebt die Hand, bevor sie fortfährt: »Einen Moment... Noch ist der Unterricht nicht zu Ende.«
»Ooooh!«
Sie lacht, dann sagt sie: »Schöne Ferien, Kinder, und frohe Weihnachten!«
Dann sind wir gegangen. Ich war der erste, der aus der Klasse raus war.

Auf dem Schulhof sehe ich Lolita. Sie sitzt in der Sonne und wartet. Sie wartet auf mich und mir wird ganz heiß in der Magengrube. Ich gehe etwas langsamer, um es ein bißchen spannend zu machen. Als ich bei ihr angekommen bin, kommt auch Pierre Pelletier und streckt ihr seine beiden Hände hin. Ich verstehe, daß sie nicht auf mich wartet, sondern auf Pierre Pelletier, aber das ist normal, schließlich ist er ja viel schlauer als ich.

*

Zunächst bin ich ein wenig in der Gegend herumgelaufen. Ich habe die Tauben im Park von Belleville beobachtet. Oft sind dort schwarze Frauen mit ihrer Kinderschar. Sie tragen Schürzen mit Vögeln, Elefanten und Zebras darauf. Das erinnert mich wieder an den Zoologischen Garten.
Plötzlich sehe ich Madame Saddock. Sie ist in Begleitung eines Herrn. Sie sieht nicht gerade glücklich aus. Sie spricht sehr laut und fuchtelt mit den Armen herum. Es sieht aus, als würde sie ihm jeden Moment eine Backpfeife verpassen. Der Mann sagt gar nichts. Er läuft langsam, die Arme hinter dem Rücken verschränkt. Manchmal nickt er, wie um zu sagen: »Ist ja gut... In Ordnung... Ja, ich habe verstanden...«
Verdammt! Ich glaube, diese Frau da ist gar keine richtige Frau. So mit einem Mann zu reden, mit ihrer Zigarette im Mund, und sie schämt sich noch nicht einmal!
Inschallah! Bei den Schwarzen würde man so etwas Komisches bestimmt nicht zu sehen bekommen!
Ich hopse zum Café von Monsieur Guillaume. Die ganze Sipp-

schaft von Schwarzen ist da. Ein paar Araber sitzen auch dort herum. Sie gaffen allen Frauen, die vorbeikommen, hinterher, geben Kommentare ab und lachen. Ich finde überhaupt nichts lustig dabei.
Ich denke an Lolita. Ich frage mich, warum sie mich angegraben hat, wenn sie mich kurz darauf wieder fallen läßt, wie eine heiße Kastanie. Ich muß schon sagen, Frauen sind manchmal ganz schön hinterlistig. Ich bin es bestimmt nicht, der dieser Annahme widerspricht. Es ist doch wirklich gemein!
Ich habe noch nicht einmal Lust auf eine Cola. Monsieur Guillaume schlägt eine Fanta vor. Aber das ist nicht dasselbe. Ich lehne ab. Ich schließe die Augen und öffne sie wieder. Ich bin immer noch da. Ist logisch, denn schließlich lebe ich ja noch.
Ich höre ein: »Oooh! Na du hast dich ja ganz schön herausgeputzt!«
Es ist Monsieur Laforêt, der ehemalige Direktor. Gekleidet wie ein König hat er einen vielbeachteten Auftritt. Sein Jackett ist schwarz. Seine Hose ist grau und wird von Hosenträgern gehalten. Er trägt eine Fliege und einen geriffelten Mantel. Er erregt großes Aufsehen, denn noch nie hat ihn jemand sauber, glattrasiert und aus drei Metern Entfernung nach Eau de Cologne riechend gesehen.
Er hat die Hände in den Taschen. Mit einem leicht schwankenden Gang geht er zum Tresen und sagt: »Eine Runde für alle, auf meine Kosten.«
Niemand freut sich. Alle sind noch sprachlos. Ich eile zum Tresen und sage: »Monsieur Laforêt!« und strecke ihm meine Hand zu. Aber ich habe kaum Zeit eine weitere Bewegung zu machen, da kommt schon eine dicke schwarze Frau und fällt mit einem breiten Grinsen über ihn her. Und bevor ich fragen kann, wer denn dieser dicke Teddybär ist, sagt sie: »Monsieur Laforêt, wie ich mich freue, Sie zu sehen! Monsieur Kaba hat mir so viel von Ihnen erzählt, daß ich das Gefühl habe, Sie schon seit einer Ewigkeit zu kennen.«
Monsieur Kaba selbst bleibt mit einem leichten Lächeln im Gesicht im Hintergrund.

»Das ist Rosette«, sagt er, »die neue.«
»Hallo zusammen«, sagt sie.
Dann legt sie einen Arm um den Hals von Monsieur Laforêt. Sie schaut nach oben und sieht ihn an, als fände sie ihn sehr schön. Dann stellt sie sich auf die Zehenspitzen und gibt ihm einen Kuß.
Ich beobachte Monsieur Guillaume aus den Augenwinkeln. Er sieht aus, als wäre ihm der Himmel auf den Kopf gefallen. Da ergeht es mir kaum anders.
»Das ist das Weihnachtsgeschenk, das ich Ihnen gebracht habe, um Ihnen ein schönes Fest zu wünschen«, sagt Monsieur Kaba. Er zieht an seiner dicken Zigarre und bläst den Rauch zur Decke. Er betrachtet die Schwaden, die der Rauch in der Luft bildet. Dann lacht er kurz und fährt fort: »Wenn ein Mann den ganzen Tag arbeitet, dann braucht er etwas, um sich wieder aufzupäppeln. Besonders im Winter.« Monsieur Kaba geht zu Monsieur Laforêt, Grinsen im Gesicht und Zigarre im Mund. Mit einer liebevollen Bewegung nimmt er seine Hand. »Wir haben uns einiges zu erzählen, nicht wahr alter Bruder?« Er dreht sich zu Rosette: »Laß uns doch mal für einen Moment allein, meine Große. Na geh schon... Und sei brav!«
»Na klar!« sagt sie mißmutig.
Anschließend dreht er sich zu Monsieur Laforêt.
»Jetzt sind wir also Geschäftsleute, jawohl, Geschäftsleute. Also, was sagen Sie dazu?«
Niemand scheint zu bemerken, daß ich da bin. Ich setze mich hin. Ich habe einen besonders gemütlichen Platz. Mehr verlange ich gar nicht. In dem Moment kommt eine Gruppe von Weißen herein, und sie brüllen: »Keine Bewegung! Polizei!«
Jemand sagt: »Scheiße.«
»Alle mit dem Gesicht an die Wand!«
Monsieur Kaba wirft sein Glas auf den Boden und greift gleichzeitig tief in seine Taschen. Zum Glück kann ich mich gerade noch unter einem Tisch verstecken, sonst wäre er wohl über mich drübergerannt. Bis ich mich gestreckt habe, um zu sehen, was los ist, ist er schon drei Schritte von der Tür entfernt.

»Niemand bewegt sich, habe ich gesagt«, schreit der Inspektor. »Dreht euch schön um, und Gesicht an die Wand!«
»Niemals!« schreit Monsieur Ndongala. »Ich bin ein ehrbarer Bürger!«
»Was haben Sie da zum Inspektor Harry gesagt?« fragt ein Bulle und hält ihm die Knarre an die Nase.
»Zuerst einmal möchte ich wissen, was Sie gegen uns vorzubringen haben.«
»Ist mir ein Vergnügen...«, sagt der Inspektor. »Durchsucht sie alle!«
»Chef, wir haben unseren Mann«, schreit ein Bulle und packt Monsieur Laforêt am Schlafittchen.
»Sie haben da ja ein paar feine Gestalten in Ihrem Laden«, sagt der Inspektor zu Monsieur Guillaume.
»Was wollen Sie denn, Herr Inspektor, es ist ja nicht meine Aufgabe, Nachforschungen anzustellen! Mit Polizisten wie Ihnen können die Franzosen ruhig schlafen.«
An dieser Stelle kann ich nicht mehr weitererzählen. Ich habe Tränen in den Augen und einen Frosch im Hals. Der arme Monsieur Kaba ist ganz klein und zittert wie Espenlaub. Mademoiselle Rosette springt auf und rennt zum Tresen, um sich dahinter zu verstecken. Ein Bulle packt sie am Arm.
»He, langsam...«
Sie gibt ihm eine Ohrfeige. Der Bulle wirft sie auf den Boden und prügelt sie. Er richtet sich wieder auf und sagt: »Die ist ja wirklich gemeingefährlich, die da.«
»Stimmt, Herr Inspektor«, antwortet Onkel Kaba. »Jahrelang versuche ich ihr schon klarzumachen, daß sie ihre Nerven im Zaum halten muß. Sie wissen ja, wie Frauen sind...«
»Ja. Sie erklären uns das alles dann auf dem Revier. Alle mitnehmen!«
Alle mußten mit den Händen auf dem Kopf rausgehen. Nur Monsieur Ndongala schwang die Fäuste in der Luft und schrie: »Ich werde das alles meinem Anwalt berichten!«
»Ja natürlich. Und jetzt vorwärts!«
Plötzlich stellt er fest, daß ich auch noch da bin.

»He, du Knirps, was machst du denn hier? Verschwinde!«
Ich gehe raus, und dann schaue ich ihnen nach, bis man sie weggeschafft hat.

»Die Menschen sind doch alle verrückt«, sagt mein Papa. »Wie soll es denn auch laufen auf unserer Erde, wenn man sich nicht mal mehr ein Gläschen genehmigen kann, ohne daß man gleich ins Loch gesteckt wird?«
Wir sitzen alle zusammen am Tisch. Mein Papa kaut seine Kolanuß und spuckt auf den Boden: Flick-flack!
»Wir müssen sie da rausholen«, sagt mein Papa.
»Nur wie? Fällt dir was ein?« fragt Onkel Kouam.
Monsieur Guillaume kratzt sich das Kinn. Man muß ihn verstehen: Schließlich sind keine Kunden mehr da, um die er sich kümmern könnte.
»Wir sollten ihnen damit drohen, daß wir alle Frankreich verlassen«, schlägt mein Papa vor.
»Die werden dich unheimlich vermissen«, spottet M'am.
»Schon möglich«, sagt mein Papa. »Wie wär's mit Streiken? Die Franzosen würden es nicht ertragen, ohne Straßenkehrer zu sein. Dann wären sie gezwungen, unseren Forderungen nachzukommen.«
»Denk gar nicht erst dran«, sagt Monsieur Guillaume. »Die Schwarzen sind denen doch vollkommen egal... Die werden die Gelegenheit nutzen und dich ruckzuck ohne Abfindung rausschmeißen. Vergiß nicht, daß da noch andere auf Abruf bereit stehen. Die ersetzen euch liebend gern.«
Keiner sagt mehr was. Ich weiß nicht, woran sie denken, ich denke an Blanco, das Pferd, das ich in meiner Phantasie erfunden habe. Ich steige drauf, wie in dieser Bibelpassage, von der Monsieur Guillaume unaufhörlich spricht. Er sagt, daß es eines Tages so viele Sünden auf der Welt geben wird, daß dann ein Engel angeritten kommt, auf einem weißen Pferd, das Flügel hat wie ein Vogel. Der Engel wird dann so wütend sein, daß er alles auf seinem Weg zermalmen wird, sogar die Hochhäuser. Und ich, ich sitze auf Blanco, und ich bin dieser Engel, nur daß es

nicht genau das gleiche ist, denn ich schaffe alle Luxushotels ab und lasse alle Obdachlosen von Belleville dort wohnen, die nicht mal mehr wissen, wer sie eigentlich sind, so wenig werden sie beachtet. Und dann werden sie von allen beachtet, und sie dürfen Befehle erteilen. Wenn ich genau darüber nachdenke, dann frage ich mich, ob es wirklich besser ist, denn dann sind die anderen an ihrer Stelle reich und machen nur Mist.

»Wie heißt denn der Hauptkommissar?« fragt mein Papa.

»Dellacqua«, antwortet Onkel Kouam.

»Ich brauche den Namen seiner Mutter.«

»Wozu?«

»Ich will sie verfluchen.«

Da sagt Tante Mathilda: »Eure Hexereien funktionieren nicht.«

»Ach ja?« zweifelt Papa. »Was schlägst du denn vor?«

»Jemand muß mit ihm verhandeln.«

»Hm«, überlegt mein Papa. »Aber wer?«

Er lehnt sich wieder in seinen Sessel. Er knackt eine Nuß. Er kaut. Er spuckt aus: Flick-flack!

»Ich hab's!« sagt er.

Alle schauen ihn an.

»Genau. Ich weiß, wer verhandeln muß.«

Er schließt seine Augen, reißt sie plötzlich wieder auf, zeigt mit dem Finger auf Tante Mathilda und schreit: »Du!«

»Ich? Wieso ich?«

»Deine Papiere sind in Ordnung, du bist eine Frau, du bist weiß, entsprechend hast du alles, was man dazu braucht.«

»Nicht meine Frau!« brüllt Onkel Kouam. »Du wirst doch wohl nicht meine Frau in die Höhle des Löwen schicken?«

»Und wie steht's mit der Solidarität? Wie sieht es damit aus, lieber Bruder?«

»Ich ...«, stammelt Onkel Kouam.

Da konnte überhaupt nichts schiefgehen, deshalb hat M'am auch gesagt: »Ich werde für dich beten, damit der liebe Gott aus dir spricht.«

Inschallah.

Am nächsten Morgen hat Tante Mathilda sich in Schale geworfen und ist zum Kommissar gegangen. Sie ist kaum zehn Minuten weg, da kommt die ganze Sippe auch schon angetrabt. Ihre Augen sind müde, ihr Atem riecht schlecht, ihre Haare sind verdreckt, aber sie halten durch.
»Da sieh mal einer an«, sagt mein Papa, »da war sie ja ganz schön schnell, deine Frau...«
»Stimmt«, antwortet Onkel Kouam leicht verdutzt.
»Wir sind frei!« schreien sie alle und lachen dabei.
Monsieur Kaba kommt auf uns zu und fragt meinen Papa: »Hast du vielleicht zufällig ein Stückchen Kola? Diese Idioten haben mir alle meine Zigarren weggenommen.«
Mein Papa gibt ihm ein Stück Kola.
»Na, und?«
»Was, na und?« fragt Monsieur Kaba.
»Wie war es?«
»Na ja, sie haben 'ne Menge Fragen gestellt. Ich kenne sie schon auswendig, vom... Na, du weißt schon. Sie haben uns ins Loch gesteckt. Und heute morgen haben sie uns freigelassen.«
»Ich kann Monsieur Laforêt nicht entdecken«, sagt mein Papa.
»Sie haben ihn dortbehalten.«
»Erzähl!«
»Nun, man hat bei ihm die Papiere von einem Typen gefunden, der einen Diebstahl gemeldet hatte. Also haben sie ihn dabehalten.«
»Verdammt!«
»Mach dir nichts draus. Das ist eine Sache zwischen weiß und weiß. Er kann mit drei Monaten Gefängnis davonkommen.«
Anschließend haben alle gelacht. Man hat sich die Hände geschüttelt, es wurde getanzt, und dann wurde auf die Gesundheit von allen angestoßen. Ich habe noch nie solche Verrückten gesehen.
Zwei Stunden später kommt Tante Mathilda zurück. Sie ist völlig geschafft. Ihre Lippen sind weiß, obwohl sie doch, bevor sie weggegangen war, Lippenstift aufgetragen hatte. Na ja, wenn sie sich so lange mit dem Kommissar unterhalten hat...

»He, mein Schatz«, schreit mein Onkel, »sieh mal, wer da ist!«
Als sie die ganze Sippe sieht, reißt sie ihre Augen weit auf. Sie öffnet auch den Mund, aber schließt ihn gleich darauf wieder.
»Glückwunsch, mein Schatz«, sagt mein Papa und gibt ihr einen Kuß auf die Backe. »Du hast saubere Arbeit geleistet.«
»Jawohl«, sagt Monsieur Guillaume. »Du bist ein Genie, meine Kleine. Jungs, ihr habt ihr 'ne Menge zu verdanken...«
»Danke, danke!« schreien die Schwarzen.
Aber sie scheint es nicht zu hören. Sie holt sich einen Stuhl und setzt sich neben mich.
»Sind die schon lange da?« fragt sie mich.
»Ja, Tante.«
Sie atmet auf und murmelt etwas vor sich hin.
»Was sagst du?« fragt mein Papa.
Sie senkt den Kopf und hält sich die Hände vors Gesicht. Dann schreit sie: »Dieser Dreckskerl.«

*

Madame Saddock ist, was schon allein ihr Aussehen vermuten läßt, eine grenzenlose Nervensäge, und außerdem duftet sie nicht gerade nach Flieder, obwohl sie wahrscheinlich die am stärksten parfümierte Frau von Belleville ist. Ist doch wahr! Was fällt der eigentlich ein, die Revolution der Frauen, die hier in Frankreich so viel Gutes bewirkt hat, aber bei den Einwanderern einer Naturkatastrophe gleichkommt, prophezeien zu wollen? Da kann man lange sagen, die französischen Frauen mußten unter sexueller Nötigung leiden. Die haben ja auch ihre Gründe! Aber Soumana und M'am hatten noch nie irgendwelche sexuellen Gewalttätigkeiten zu beklagen. Es ist noch nie zu einer Tragödie gekommen, und es hat auch noch nie einen Toten gegeben. Also, ich weiß wirklich nicht so recht, was Madame Saddock erwartet. Na ja, wie mein Papa immer sagt, mit den Frauen, da weiß man nie...

Und wie ich schon sagte, Madame Saddock läßt uns nicht mehr in Ruhe! Sie kommt die Frauen zweimal pro Woche besuchen und bringt ihnen Geschenke mit: Parfums, Bonbons, Kuchen, Lippenstifte... Aber was Soumana am besten gefällt, das sind die Parfums, weil sie dann nicht an die Kilos denken muß, die sie zuviel hat. Da muß man, wenn möglich, Verständnis haben. Genau so spielt es sich ab. Aber es ist wohl besser, wenn ich von vorn anfange.

Zunächst einmal vergewissert sich Madame Saddock, daß mein Papa nicht zu Hause ist, denn der würde ihr eine verpassen, wenn er sie dabei erwischen würde, die Frauen negativ zu beeinflussen. Also stellt sie sich auf den gegenüberliegenden Bürgersteig. Sie steckt zwei Finger in den Mund und pfeift. Soumana öffnet das Fenster und gibt ihr Zeichen raufzukommen. Dann kommt Madame Saddock herein und setzt sich auf den Sessel von meinem Papa, oder aber sie lehnt sich mit verschränkten Armen gegen die Tür. Und dann erklärt sie den Frauen ihre Rechte, eben diesen ganzen Schnickschnack für sexuell vernachlässigte Frauen. Wenn sie redet, gestikuliert sie, regt sich auf und wird schließlich sogar ernsthaft ärgerlich. Nicht weil sie wütend ist, sondern weil sie gern noch mehr erzählen würde, meine Mütter es aber mit ihrer geringen Bildung nicht immer verstehen. Sie hat das Gefühl, sie müßte mit Engelszungen reden, um ihnen all die wunderbaren Dinge dieser Welt näherzubringen. Wenn ihr meine Meinung hören wollt, ich glaube diese Frau leidet an Zuneigungsmangel. Für die gute Laune ist es das Schlimmste, was es gibt. Und Soumana hört ihr andächtig zu und schüttet ihr ihr Herz aus, daß es schon nicht mehr feierlich ist. Sie erzählt Madame Saddock, daß mein Papa ein Nichtsnutz, ein Schürzenjäger und Totengräber ist, daß er ihre schönen Träume fast zerstört und sie die Nase voll, aber auch gestrichen voll hat, so behandelt zu werden. Wenn man sie so reden hört, könnte man meinen, sie sei Weltmeisterin im Schlechtbehandelt-Werden und verdiene den Nobelpreis für die am meisten mißhandelte Frau der Welt. Soumana sagt nicht viel. Wie ein riesiger Affenbrotbaum hockt sie auf ihrer Matte und kaut auf ihrem Zahnstocher. Und Madame Saddock ist ganz besorgt. Sie schreit: »An Ihrer Stelle würde ich da hingehen, an Ihrer Stelle würde ich dies, an Ihrer Stelle würde ich jenes machen.« Aber sie ist eben nicht an ihrer Stelle. Sie soll sich um ihren eigenen Kram kümmern und nicht um Sachen, die sie nichts angehen. Sie weiß ja überhaupt nicht, was Heiraten in Afrika bedeutet. Von unserer Lebensweise versteht sie rein gar nichts. Und vor ein paar Tagen, da bin ich böse geworden und habe ihr gesagt: »Ich erzähl alles meinem Papa.«

»Was wirst du ihm denn sagen, deinem Papa?« hat Madame Saddock lachend gefragt. Aber zum Spaßen war ich überhaupt nicht aufgelegt, und ich habe geantwortet: »Ich erzähle ihm, daß Soumana Schimpfwörter benutzt, wenn er nicht da ist.«

»Sachen, die man hört, zu wiederholen, ist aber nicht sehr nett, Loukoum.«

»Ich sag's ihm trotzdem«, sage ich schmollend.

»Und warum?«

»Weil es nicht sehr nett ist, etwas Böses zu sagen.«

»Na und?«

»Es kostet ja wohl nichts, ein bißchen nett zu sein«, habe ich ihr gesagt.

»Aber dein Papa ist nicht nett.«

»Doch.«

»Er ist gemein zu Sou.«

»Das stimmt nicht. Und außerdem sag ich's ihm.«

»Du wirst ihm überhaupt nichts sagen!« schimpft Soumana. »Wenn du auch nur ein einziges Wort sagst, dann erzähle ich ihm, daß du seine Magazine liest.«

»Ich sehe mir nur manchmal die Bilder an. Ich mag die Kleider so gern. Sie sind sehr elegant.«

»Von welchen Magazinen sprichst du?« fragt Madame Saddock.

»Von Fotos mit nackten Frauen!« antwortet Soumana.

»Dieses Schwein!« sagt Madame Saddock. »So eine Scheiße!«

»Scheiße darf man nicht sagen«, erkläre ich ihr, »das ist ein Schimpfwort.«

Aber sie steht auf und sagt: »Scheiße! Scheiße! Scheiße!«
Dann geht sie zur Tür und dreht sich um. Sie sieht mich an und sagt: »Ich benutze Schimpfwörter, wann und wo ich will, Loukoum. Schließlich leben wir in einer Republik.«
Ich hatte eine Stinklaune. Ich wußte nicht, was ich machen sollte. Also habe ich mich nach vorne gelehnt wie ein Cowboy, mit dem Finger, mit dem man eigentlich nicht auf Leute zeigen darf, auf sie gezielt, habe *peng, peng*! gemacht und sie erschossen.
Ein paar Minuten lang hat niemand reagiert. Dann hat Madame Saddock gesagt: »Das ist so einer, den ich nicht als Schwiegersohn haben wollte.«
M'am hat sie angeschaut, angeschaut und nochmal angeschaut. Dann hat sie gesagt: »Manchmal denkt man, man versteht, dabei ist es nicht ganz so einfach. Und Allah ist nicht verrückt, das können Sie mir glauben!«
Diese Frau ist wirklich eine Heilige!
Inschallah!

Ich habe meinem Papa dann doch nichts von Madame Saddock und ihrem schlechten Einfluß erzählt. Schließlich hat er mich ja nicht gefragt, also... Aber ich bin mir sicher, daß es nicht ausbleiben wird, und eines Tages kommt es dann wie aus heiterem Himmel.
Ich gehe mit M'am in den großen Geschäften an der Oper einkaufen. Dort gibt es einen Zirkus in einem Schaufenster. Eltern gehen da mit ihren Kindern hin, und es kostet nichts. Rund um das Schaufenster herum hängen Sterne, die viel größer sind als in Wirklichkeit. Sie gehen an und leuchten, und ganz plötzlich gehen sie wieder aus. In der Mitte des Zirkus stehen Kosmonauten. Sie laufen bis zum Himmel, dann kommen sie zurück zur Erde und winken den Passanten zu. Es gibt auch einen Nikolaus mit Spielzeugen. Er sieht aus wie der liebe Gott. Er ist ganz weiß und hat einen langen Bart. Ich schaue mir den Nikolaus an. Es ist, als wäre ich im Himmel. Mit Engeln, die ganz weiß sind, mit weißen Haaren und weißen Augen, fast wie Albinos. Die Engel

schlagen auf ihre großen Becken, und einer bläst in seine Trompete. Gott öffnet seine Hand. Und ganz viele Geschenke fallen auf den Boden.
Ich schaue und schaue und schaue. Ich will überhaupt nicht mehr weg. Aber M'am zupft mich am Anorak: »Beeil dich, dein Vater kommt bald nach Hause.«
Dann gehen wir wieder. Überall sind Menschen, die angezogen sind, als würden sie zur Arbeit gehen. Sie rennen. Sie rempeln sich an. Sie stoßen aneinander. Sie entschuldigen sich. Dann fallen die Pakete einer Dame runter und liegen verstreut auf dem Boden. Sie bückt sich, um sie aufzuheben. Für einen kurzen Moment sehe ich ihre Beine.
Plötzlich schaue ich nach oben und sehe eine Ansammlung von Menschen. Ich will wissen, was da los ist. Ich frage mich, ob da wohl... Und M'am geht zu der Stelle, wo die Leute dicht zusammengedrängt stehen. Ich möchte etwas mitbekommen, erhaschen, was die Leute denken.
Oben auf einem Podium steht ein Schwarzer. Er ist Afrikaner. Ich glaube, er kommt aus Sarcelles. Ich weiß zwar nicht genau, wo das ist, aber mein Freund Ahmidou, den ihr nicht kennt, hat mir gesagt, daß man in Saint-Denis Schwarze zusammenführt, um sie zu registrieren und sie dann mit Charterflügen nach Mali zurückzuschicken.
Der Schwarze hat eine weiße Flagge in der Hand. So an die fünfzig Leute hören ihm zu. Der Schwarze sagt, daß die Schwarzen nicht wissen, daß sie Schwarze sind. Ihr wollt alle weiß sein, aber die Weißen sehen doch an eurem Gesicht, daß ihr nicht von hier seid. Von den Antillen? Das bedeutet gar nichts! Wir sind Afrikaner... Afrika, dort sind unsere Wurzeln. Niemand kann seine Herkunft verleugnen, ohne sich ins Verderben zu stürzen. Der Redner brüllt. Es scheint, als wolle jemand Streit mit ihm anfangen. Er schreit: »Wacht auf! Verteidigt euch! Das Monster ist schon da! Es wird eure Kinder töten! Es wird eure Frauen vergewaltigen! Es hat ein Gesicht: das Gesicht des *Front National,* der Rechtsradikalen! Wacht auf und seid alle schwarz! Keine Afrikaner mehr! Keine Amerikaner! Keine Bewohner der

Antillen! Nur noch Schwarze! Lernt ein neues Lied! Singt die Hymne der Solidarität!«

Der Schwarze brüllt. Er dürfte genauso alt sein wie Monsieur Ndongala. Er ist gut angezogen. Glauben die Schwarzen denn etwa, daß sie nicht schwarz sind? Er scheint mich anzusehen. Er sieht mich an. Er zeigt mit dem Finger auf mich und sagt: »Frauen, hört nicht auf die Propagandisten von der Familienplanung. Zeugt weiter Kinder! Vermehrt euch! Denn, wenn der große Tag gekommen ist, dann werden eure Kinder euch retten! Tausende von Schwarzen werden...«

Den Rest habe ich nicht mehr gehört. M'am hat gesagt: »Komm, wir gehen. Die Pakete werden mir langsam zu schwer.«

Wir haben die Metro genommen. Als wir zu Hause angekommen waren, hat M'am die Pakete weggelegt und sich auf ihre Matte gesetzt. Dann hat sie Soumana erzählt, was der Schwarze gesagt hat. Soumana hat angefangen zu weinen.

Und sie weint. Ihr Gesicht ist verspannt. Es sieht aus als würde es jeden Moment Risse bekommen, so wie ein alter Lappen.

Ich weiß nicht, was ich machen soll. M'am nimmt ihre Hand, und ich schaue ihr beim Weinen zu. Dann wird sie müde. Sie weint nicht mehr. Sie bewegt sich auch nicht mehr. Ihr ist kalt. M'am drückt sie fest an sich und fängt an zu reden!

»Ich wußte nicht warum, aber meine Mutter konnte Männer nicht leiden. Schon der geringste Körperkontakt war ihr zuviel.«

»Aber immerhin hat sie doch Kinder gehabt«, sagt Soumana.

»Zwölf Stück. Ich vermute, daß mein Vater sie dazu gezwungen hat, es sei denn, sie hat eingesehen, daß ihr nichts anderes übrig blieb. Immer wenn sich mir ein Mann genähert hat, hat sie gesagt: »Maryam, ab in die Küche.«

Maryama ist M'ams richtiger Name. Aber jeder nennt sie M'am und ich finde, daß es gut zu ihr paßt.

»Mein Vater, das war ein ganz schöner Schürzenjäger, noch schlimmer als Abdou, kannst du dir das vorstellen? Der hätte es sogar fertiggebracht, sich mit einem Schaf ins Bett zu legen, falls so etwas überhaupt denkbar ist. Dagegen ist Abdou ein Waisenknabe.«

»Da bist du aber sehr nachsichtig«, sagt Soumana.

»Keineswegs! Warum machst du dich denn schon fertig, kaum daß er...«

»Halt!« sagt Soumana. »Ich will nichts mehr hören.«

»Eben! Damals, als ich Abdou kennengelernt habe, da brauchte er jeden Tag sechs Frauen. Verschiedene wohlgemerkt. Und die Sache selbst hat er dann ganz egal wo gemacht. Im Hühnerstall, in den Mais- oder Hirsefeldern, auf einem Baum. Kannst du dir das vorstellen? Ein richtiger Weiberheld. Mittlerweile hat er sich ein wenig beruhigt.«

»Was du nicht sagst!«

»Ich schwör's, Sou! Aber er hat mich geliebt. Wirklich. Wir hatten viel Spaß miteinander, wie die Verrückten. Er hat mir alles beigebracht.«

»Herzlichen Glückwunsch!«

»Als ich das erste Mal schwanger geworden bin, da haben meine Eltern mich rausgeschmissen. Ich habe von da an bei einer Tante, der Schwester meiner Mutter, gelebt. Die war auch ziemlich lustig. Die Männer, die hat sie nach ihrer Pfeife tanzen lassen, weil ihr ein Maquis gehörte und sie ein bißchen Geld hatte; und in Afrika, da haben die Männer heutzutage lieber eine Frau mit Geld als eine ohne. Meine Mutter hat sie verachtet. Sie hat immer behauptet, daß meine Tante ihre Beine für jeden breitmacht, egal wie, egal für wen. Aber warum akzeptiert denn niemand, daß die Frauen auch ab und zu mal ihren Spaß haben wollen.«

M'am fängt an zu lachen.

»Warum habe ich es nie fertiggebracht, Abdou zu betrügen, bei all dem, was er mir angetan hat? Vielleicht ist es, weil ich ihn liebe. Vielleicht liegt es daran. Es sei denn, meine Eltern haben mir irgendwelchen Quatsch eingeimpft, den ich jetzt nicht mehr loswerde. Es ist wie mit einem Geschwür. Es frißt dich auf, und plötzlich, ohne es zu merken, bist du tot. Vielleicht hätte Abdou mich nicht verlassen, wenn ich später noch hätte Kinder kriegen können. Im Grunde habe ich keine Ahnung. Außerdem hat er sich sehr verändert. Vom Aussehen her ist er nicht mehr derselbe. Er lacht nicht mehr so viel wie früher. Er macht Sachen, wo man sich fragt, ob er sie noch alle beieinander hat. Ich glaube, es liegt daran, daß wir von Mali weit weg sind. Denn früher hat es trotz allem gut funktioniert mit uns beiden. Daß du gekommen bist, hat mir sehr wehgetan, aber als dann die Kinder da waren, da war es nicht mehr dasselbe. Manchmal frage ich mich, was wohl mit ihm geschehen ist. Wie kommt es, daß er nicht mehr mit mir spazieren geht? Daß wir nicht mehr zusammen den Sonnenuntergang beobachten? Daß er noch nicht mal mehr das eine von mir will?«

In dem Moment ist etwas Schreckliches passiert. Wirklich. An der Tür hat es geklingelt. Ich habe aufgemacht.
Dort steht eine ziemlich hübsche Frau. Sie ist sogar sehr anziehend, bis auf ihre Augen. Die sehen aus wie die von einem Hund, der gerade einen Tritt in den Hintern bekommen hat. Ich kenne sie nicht, habe sie noch nie gesehen, noch nicht einmal als Sonderschützling von Monsieur Kaba. Sie ist nicht dunkelhäutig. Ich will damit sagen: Sie ist weiß. Sie hat eine Hand auf ihr Herz gelegt und atmet sehr schnell, da die Treppen einem untrainierten Herz gegenüber unerbittlich sind. Sie trägt irgendeine Art Fellmantel. Aber es ist kein echtes Fell. Sie ist angezogen wie eine Huri: Ein sehr kurzer Rock aus schwarzem Leder und eine kleine Bluse, die ihren Bauch freiläßt, wie bei einer Kreatur. Eine Kreatur ist, wie M'am sagt, ein Mädchen, das eigentlich ein Garnichts ist. Sie sieht mich an wie ein Auto, nur nicht so schnell, aber ich zahle es ihr mit gleicher Münze heim. Man muß sich diese Frau mit ihren Teufelsbrüsten doch nur mal kurz anschauen, dann sieht man sofort, daß gleich alles aus den Nähten platzt und von allen Seiten auf einen herunterfällt.
»Bin ich hier richtig bei Monsieur Abdou?« fragt sie.
Bei Leuten, die man nicht kennt, muß man immer vorsichtig sein, denn niemand steigt einfach nur so zum Spaß oder um anderen eine Freude zu machen fünf Stockwerke hoch. Also stelle ich mich dumm.

»Wer?« frage ich.
»Monsieur Abdou.«
Ich denke einen Moment lang nach. Es könnte ja auch eine verkleidete Sozialfürsorgerin sein, also muß ich Zeit gewinnen.
»Ich kenne keinen Monsieur Abdou.«
Ich will die Tür wieder zumachen.
»Warte mal, Kleiner«, sagt sie.
»Was wollen Sie denn noch?«
Bevor sie antworten kann, erscheint M'am, die Haare ungekämmt und klebrig, und mit Mehl an den Händen. Sie fragt: »Wer ist das, Loukoum?«
»Keine Ahnung«, antworte ich.
M'am schaut die Kreatur an, als wäre sie ein Stück Dreck. Dann lächelt sie und sagt: »Neujahrsgeschenke gibt's hier keine. Ich habe schon genug davon verteilt.«
Sie schlägt die Tür zu, lehnt sich dagegen und stößt ein lautes »Puh!« aus.
Dann klingelt es wieder.
M'am öffnet die Tür. Sie ist wütend.
»Was ist denn los? Ich habe Ihnen doch gesagt, daß ich schon Neujahrsgeschenke verteilt habe... Gehen Sie jetzt... Ich habe noch jede Menge Sachen für die kommenden Festtage zu erledigen...«
»Ich brauche nicht lange«, sagt die Kreatur. »Ich will nur Monsieur Abdou sehen.«
»Kommen Sie ein anderes Mal wieder. Er ist nicht da.«
Aber die Kreatur läßt nicht locker. Eine wahre Klette. Sie sagt: »Ich habe Ihrem Mann vor zehn Jahren meinen Sohn anvertraut. Ich heiße Aminata Kouradiom.«
Ich wäre beinah umgefallen, so sehr hat es mich geschockt. Ich habe die Faust ganz fest geballt. Schließlich fangen die Hände an, mir wehzutun, und ich lasse die Arme hängen. Ich habe nicht die Kraft zu sagen, was mir auf dem Herzen liegt. M'am sieht sie schweigend an, so als hätte man ihr die Zunge rausgerissen. Und ihr Magen hört gar nicht mehr auf, gluck-gluck zu machen. Sie vergißt vollkommen, sich zu entschuldigen, so sehr ist

sie von der Rolle. Schließlich fährt sie sich mit den Händen durch die Haare, um sie ein wenig zu ordnen, und macht sie dabei voll Mehl. Man könnte meinen, eine verrückte Alte aus Mali. Sie sagt: »Kommen Sie rein, kommen Sie rein…«
Die Kreatur kommt rein, mit den Händen in den Taschen. Jetzt hat ihr Gesicht wieder etwas Farbe bekommen. Es ist schwarz, genauso schwarz wie M'ams unter ihrer Mehlschicht. Und ihr Wangenrot hat sie sehr dick aufgetragen. Sie hat eine große platte Nase, und mit ihren strahlenden Augen sieht sie sich in der Wohnung um. Sie sieht sich die Zimmer ganz genau an und gluckst: »Na ja, ein Palast ist das hier ja nicht gerade!«
M'am ist verschwunden, um sich ein wenig zurechtzumachen. Sie hat versucht, sich wie eine echte Weiße anzuziehen, nur eben mit Altkleidern. Sie hat einen gestärkten und gebügelten Rock und ein weißes Taschentuch aufgetrieben. Dann hat sie der Kreatur zugelächelt und gefragt: »Was kann ich für Sie tun?«
»Madame, ich bin eine unglückliche Frau.«
»Wer ist das nicht?« sagt M'am und schaut zum Himmel. »Wir alle sind unglücklich.«
»Madame, ich habe Ihrem Mann vor zehn Jahren meinen Sohn anvertraut. Nach dem großen Unglück habe ich mich zehn Jahre lang durchgeschlagen, so gut ich konnte.«
»Und wie heißt er, Ihr Sohn?«
»Mamadou… Mamadou Traoré.«
Ich zittere innerlich. Ich spüre nichts mehr… Es kommt mir vor, als wäre ich tot.
»Und wann ist Ihr Sohn geboren?«
Der Mund der Kreatur zittert. Langsam senkt sich ihre Kinnlade. Eine Träne kullert ihr die Wange runter.
»Madame, kennen Sie das tragische Schicksal junger Mädchen in Afrika? Ich konnte nicht anders handeln. Heute möchte ich meinen Sohn wiedersehen, ihn um Verzeihung bitten.«
Dann hebt sie ihren Kopf und sieht mich an, als wäre sie auf der Suche nach einer Sache, die sie verloren hat. Sie sagt: »Ohne ihn kann ich nicht leben.«

»Selbstverständlich können Sie ohne ihn nicht leben. Mamadou bringt Ihnen ja auch ein Haus, das mein Mann gebaut hat, und nicht weniger als einhunderttausend Franc. Davon kann man leben wie eine Königin.«
Die Kreatur stößt einen Schrei aus und fängt an zu weinen wie eine trauernde Afrikanerin. M'am lacht höhnisch. Ich habe sie noch nie so eigenartig lachen sehen. Mir läuft es kalt den Rücken runter.
»Und abgesehen davon, wie läuft es sonst so?«
»Ach, gut«, sagt die Kreatur. »Ich schlage mich einigermaßen durch, und ich arbeite. Muß mich noch ein bißchen gedulden, da ich gerade erst angefangen habe. Noch habe ich das Heft nicht in der Hand, wie man so schön sagt.«
»Sie gehen auf den Strich, wenn ich mich nicht irre? Meinen Glückwunsch.«
»Vielen Dank, Madame. Ich bin außerdem Sängerin von Beruf.«
Dann wühlt sie in ihrer Tasche herum und holt ein rotes Stück Pappe heraus. Ich platze fast vor Neugier zu erfahren, was draufsteht. Also komme ich näher und verrenke mir den Hals, um etwas zu sehen. Das Stück Pappe zeigt Aminata, wie sie mit einer Hand an der Hüfte neben einem Klavier steht. Sie hat eine große blonde Perücke auf. Ihr Mund ist weit geöffnet und man sieht alle ihre Zähne. Sie sieht sehr fröhlich aus. Auf dem Papier steht:

AM SAMSTAG, DEN 2., KOMMT ALLE
UND SEHT EUCH DIE NEUE KÖNIGIN
DES MALISCHEN CHANSONS AN…
UND IHREN LEGENDÄREN HÜFTSCHWUNG.
ERSCHEINT ZAHLREICH.

Allah! Das kann doch wohl nicht meine Mama sein. Ich möchte Mütter ja nicht nur voller Anmut und wie Heilige darstellen, aber… Nein, diese Frau kann unmöglich meine liebe Mama sein, diese Hure, die überall ihre Brüste herumzeigt… Nein…

»Und jetzt möchte ich meinen Sohn wiederhaben.«
»He da, nicht so schnell«, sagt M'am. »Jahrelang haben Sie nichts von sich hören lassen, kein Lebenszeichen von sich gegeben...«
»Lebenszeichen, Lebenszeichen, Sie wollen mich wohl auf den Arm nehmen!«
»Das ist das Letzte, was ich möchte, Mademoiselle. Sie haben Ihren Sohn vor zehn Jahren allein gelassen wie einen räudigen Köter. Und eines schönen Morgens kommen sie, und hopp, müssen wir ihn Ihnen zurückgeben. So einfach ist das nicht, Mademoiselle! Es ist wie mit einem Haus, falls Sie wissen, was ich meine...«
»Ich kann Ihnen Geld geben.«
Sie fängt an, in ihrer Tasche rumzuwühlen.
»Es ist keine Frage des Geldes, Mademoiselle«, sagt M'am.
Dann schweift ihr Blick in die Ferne, als wüßte sie nicht, wo das Problem liegt.
»Madame, ich weiß nicht, warum Sie in einem solchen Ton mit mir sprechen. Das gefällt mir ganz und gar nicht! Ich habe Ihrem Mann vor zehn Jahren meinen Sohn ja wohl nur unter der Voraussetzung überlassen, daß er ihn mir so bald wie möglich zurückgibt. Das wurde schriftlich festgehalten. Und heute bin ich da, um ihn abzuholen, das ist mein gutes Recht.«
»Das ist kein Recht, Mademoiselle, im Namen Allahs, das können Sie mir glauben. Es gibt gewisse Pflichten, und man kann nicht gerade behaupten, daß Sie den ihren nachkommen.«
»Wir haben eine schriftliche Vereinbarung.«
»Papiere, die irgend etwas beweisen wollen, interessieren mich nicht. Da steig ich nicht durch. Warten Sie auf meinen Mann, dann können Sie sich mit ihm unterhalten. Möchten Sie etwas zu trinken?«
»Einen Scotch, bitte.«
»Das ist verboten, Mademoiselle. Aber ich kann Ihnen einen guten Tee aus der Heimat anbieten. Etwas Besseres gibt es nicht. Das rüttelt sogar einen Stier wach.«
M'am lächelt und steht auf. Kurz darauf kommt sie mit einem

Tee in der Hand zurück. Die Kreatur trinkt, setzt ihre Tasse ab und sagt: »Vielen Dank, Madame, Sie sind sehr freundlich.«
»Nichts zu danken, ich helfe gern, wenn ich kann.«
»Aber Sie haben Abdou doch gesagt, daß er mich nicht heiraten soll.«
»Das habe ich nicht gesagt.«
»Lügen Sie nicht.«
»Na ja, zumindest war das nicht meine wahre Meinung.«
»Warum hast du es dann so zu ihm gesagt?« fragt sie M'am und schaut ihr dabei direkt in die Augen.
»Weil ich ein Dussel bin. Weil ich damals eifersüchtig auf dich war und du 'ne Menge Dinge gemacht hast, die ich nicht machen konnte.«
»Was meinst du damit?«
»Du hast ihm einen Sohn geboren, das meine ich.«
Sie starren sich weiter an, dann senken sie die Köpfe.
»Aber ich bin dafür bestraft worden«, sagt M'am. »Es hat sich nichts geändert. Ganz im Gegenteil. Er ist ein richtiger Fiesling geworden.«
»Der liebe Gott mag es nicht, wenn man gemein ist.«
Plötzlich nimmt ihre Unterhaltung eine vollkommen andere Wendung.
»Im Grunde genommen hast du mir einen großen Dienst erwiesen«, sagt die Kreatur.
»Ach ja?«
»Ich habe Abdou nicht geliebt, es war für den vielen Spaß, den wir miteinander hatten, nur für die Gaudi, wenn du weißt, was ich meine.«
»Wem sagst du das? Das war damals vielleicht einer, der Abdou.«
»Ich hab so oft mit ihm geschlafen, sogar als er schon mit dir verheiratet war. Bist du mir böse?«
»Na ja, wenn du es nicht gewesen wärst, dann wäre es eine andere gewesen, aber wenn ich dich so ansehe, dann bin ich mir nicht mehr so sicher.«
»Findest du mich nicht hübsch?«

»Das ist unwichtig«, sagt M'am.
»Auf jeden Fall hatte ich danach eine große Liebe.«
»Ach ja?«
»Er war der Mann meiner Schulfreundin. Ihr Name war Bintou. Sie hatte große schwarze Augen und eine nachtschwarze Haut. Manchmal frage ich mich, warum ich ihr so wehgetan habe. Sie war noch nicht einmal drei Monate verheiratet, da habe ich ihr schon den Mann weggeschnappt. Manchmal habe ich Fall – das war sein Name – wochenlang nicht nach Hause gelassen. Und als Bintou eines Tages Kinder bekommen hat, da hat er damit aufgehört, weil sich auf der Arbeit alle das Maul über uns zerissen haben. Und seinem Chef – ein weißer Katholik – hat das auch nicht gefallen. Eines Tages ist er gekommen und hat mir gesagt, daß wir aufhören müssen, da er ja für eine Frau nicht alles aufs Spiel setzen könne. Du siehst, auch ich wurde bestraft. Alles, was ich möchte, ist, daß Gott mir verzeiht und mir meinen Sohn zurückgibt.«
Sie dreht sich zu mir und fragt: »Ist er das?«
Und ohne auf die Antwort von M'am zu warten, springt sie auf mich zu. Eine wahre Furie. Sie küßt mich derart fest und umarmt mich so stark, daß ich das Gleichgewicht verliere. Dann sagt sie: »Als ich ihn gesehen habe, habe ich ihn sofort wiedererkannt. Er ist das Ebenbild meines Vaters, aber auch von mir. Mein Herz hat wie wild geklopft. So ist das eben mit der Biologie. Dagegen kann niemand etwas tun, nicht einmal der liebe Gott. Ah, du weißt ja nicht, wie sehr ich ihn mir gewünscht habe, wie ich die ganze Zeit dicker und dicker geworden bin, und ständig mußte ich mich übergeben. Ich habe mir in einer Tour an den Bauch gefaßt, um zu sehen, ob es ihm gut geht. Als er dann geboren war und Abdou ihn mitgenommen hat ...«
»Da hat es dir wunderbar in den Kram gepaßt«, sagt M'am.
»O nein! Ganz bestimmt nicht!«
Da fängt sie wieder an zu heulen.
»Ich habe jeden Tag gebetet«, sagt die Kreatur.
»Du gehörst zu den Auserwählten, da Gott dich ja trotz allem erhört hat.«

»Nun aber mal langsam«, sagt die Kreatur. »Ich bin eine gute Frau!«
»Ich habe nie das Gegenteil behauptet.«
»Es war in Dakar, wo Gott mir gezeigt hat, daß er mir wohlgesonnen ist. Er hat mir Amy geschickt, eine Schwester von Abdou, vielleicht kennst du sie. Sie war es, die mir deine Adresse gegeben hat.«
»Das hätte er mir ruhig ersparen können!« murmelt M'am in ihren Bart.
»Was hast du gesagt?«
»Nichts.«
Schließlich habe ich mich doch noch loseisen können...

Mein Papa hat Mademoiselle Aminata getroffen – ich schaffe es nicht, sie Mama zu nennen. Sie haben sich lange unterhalten. Als sie gegangen ist, hat mein Papa gesagt: »Das Leben ändert sich, mein Sohn. Jetzt, wo deine Mama zurückgekommen ist, wird sie dich oft besuchen.«
»Ja, Papa«, habe ich wie ein artiger Junge geantwortet.
Eine Menge Fragen brennen mir auf den Nägeln. Zum Beispiel, warum hat sie ihm nie geschrieben? Warum hat er mich angelogen? Aber mich hat ja keiner was gefragt, also schweige ich.
Mein Papa hat dann weiter gesagt: »Sie hat viel gelitten, weißt du. Versuche nett zu ihr zu sein.«
Da hat M'am angefangen, zu lachen und zu lachen. Mein Papa hat in ein Stück Kola gebissen, hat gekaut, und dann hat er gefragt: »Warum lachst du wie eine Gans?«

Soumana ist immer noch krank, so krank wie ich es noch nie bei jemandem gesehen habe. Sie atmet sehr schwer, sie röchelt fast nur noch. Sie steht nicht mehr auf. Manchmal geht mein Papa zu ihr ins Zimmer und bleibt eine Weile dort. Er hält ihr die Hand. Sie reißt sich los und sagt, vielmehr grummelt: »Willst du mich endlich loslassen? Du tickst wohl nicht richtig? Ich kann jetzt niemanden gebrauchen!«
Ihre Decke sieht aus, als hätte man ihr Reispulver drüberge-

streut. Ihre Augen sind groß und fiebrig. Und sie sehen schlecht aus. Hin und wieder öffnet sie die Augen, sieht meinen Papa und sagt: »Ich habe keine Lust, deinen ekelhaften Kolageruch riechen zu müssen.«

Das reicht, damit mein Papa sich ihr nicht mehr nähert. Er bleibt in seinem Sessel vor dem Fernseher.

Seitdem Soumana krank ist, kommt Madame Saddock zwar immer noch und pfeift, aber niemand mehr lehnt sich aus dem Fenster und gibt ihr Zeichen. Also bleibt sie unten und schleicht wie eine Diebin ums Haus. Ich frage mich, was sie will.

Die ganze Sippschaft ist gekommen und hat Soumana besucht. Monsieur Guillaume, Monsieur Kaba, Mademoiselle Esther, Monsieur Ndongala, Monsieur Makossa. Sie haben Kuchen und Kekse mitgebracht und Spielzeug für die Kinder. Sogar Großmutter Kâ Balbine ist extra hergekommen. Sie ist natürlich keine echte Großmutter. Aber sie ist älter als wir alle. Sie wird von allen sehr verehrt, weil sie ein Gebiß hat und eine Sprache spricht, die keiner versteht.

Tante Mathilda ist bei uns eingetroffen. Sie ist sehr schick gekleidet. M'am macht ein paar Alokos mit Erdnußsauce. Sie entfernt die Haut, schneidet sie in kleine Stücke, dreht sich zu Mathilda um und fragt: »Und, Frau, was macht das Leben?«

»Es lebt so vor sich hin«, antwortet meine Tante.

»Und Kouam?«

»Der arbeitet zur Zeit wie ein Wilder. Aber wer weiß?«

»Inschallah!« sagt M'am. »Da kann man nur hoffen, daß es so bleibt.«

»Ist mir egal!« erwidert Tante Mathilda.

»Er ist dein Mann.«

»Er ist der Klotz an meinem Bein. Das ist doch kein Ehemann!«

Da kommen meine Schwestern angerannt und brüllen: »Wir wollen Brei haben!«

M'am gibt ihnen etwas. Dann holt sie die Alokos vom Herd, und die beiden Frauen setzen sich ins Wohnzimmer. Ich spitze die Ohren, um sie auszuspionieren.

»Kouam geht mir auf die Nerven«, sagt Tante Mathilda. »Er meint, ich wäre seine Sklavin.«
»Immerhin ist er dein Mann. Im Koran steht geschrieben, daß du deinen Ehemann ehren, daß du dich um ihn kümmern sollst.«
»Es gibt jede Menge geschiedener Frauen, und die kommen prima zurecht. Und außerdem ... Nach all dem, was auf der Wache passiert ist, kann ich ihm nicht verzeihen.«
»Ich bin ganz Ohr. Was ist passiert?«
Tante Mathilda senkt schuldbewußt den Kopf.
»Wenn du es mir nicht erzählen kannst, dann vertraue dich Gott an«, sagt M'am.
»Nun, der Kommissar hat von mir verlangt, daß ich mit ihm schlafe, damit er die anderen laufenläßt.«
»Und dann?«
»Was hättest du denn an meiner Stelle gemacht?«
M'am stößt einen Seufzer aus und sagt: »Das ändert überhaupt nichts, weil Kouam dich nämlich liebt.«
»Und was ich davon halte, was ist damit?«
»Das zählt nicht«, sagt M'am.
»Und was ist mit dem Spaß?«
»Welchem Spaß?«, fragt M'am.
»Na ja, wenn Abdou es mit dir macht, dann fühlst du doch etwas, oder nicht?«
»Manchmal ja, manchmal nein, ich bin jetzt, wenn man so will, so eine Art Schwester oder auch Mutter für ihn.«
»Nun, ich persönlich kann mir nur schwerlich vorstellen, daß ich Kouams Schwester oder gar seine Mutter bin. Und wenn er an mir rumfummelt, dann fange ich an zu gähnen.«
»Das macht die Gewohnheit«, sagt M'am. »Hab Geduld. Irgendwann kommt es wieder.«
»Glaub ich nicht.«
»Warum nicht?«
»Weil du, wenn du eine Wunde hast, diese doch auch spüren mußt, um sie verarzten zu können. Ich habe das Gefühl, Kouam ist das alles vollkommen egal. Er will alles Schöne und Gute nur für sich selbst.«

»Was also wirst du tun?«
»Keine Ahnung. Vielleicht verlasse ich ihn.«
Da haben sie mich entdeckt. Sie haben angefangen leiser zu sprechen.
»Oder ich suche mir für das eine jemand anderen«, sagt Tante Mathilda.
Ich weiß genau, was die Frauen wollen, aber ich verstehe nicht so ganz, warum ihnen die Männer das, was sie wollen, nicht geben wollen. Sei's drum! Wenn ich das alles mal verstehe, dann schreibe ich darüber.

*

Zu Weihnachten hat M'am Kuchen gebacken, Crêpes gemacht und Lamm mit Sojabohnen gebraten. Sie hat früh am Morgen damit angefangen und dabei gesagt: »Heute kommen viele Leute zu uns!«
Den ganzen Tag über stand sie am Herd. Und beim Kochen hat sie ständig irgend etwas gebrummelt und mit sich selbst geredet. Wenn man sie etwas gefragt hat, dann hat sie wild mit den Armen über ihrem Kopf rumgefuchtelt. Ich habe mich gefragt, ob sie nicht ein bißchen verrückt geworden ist.
Am Nachmittag ist Aminata vorbeigekommen. Sie ist wie aus dem Ei gepellt. Sie trägt einen roten Blümchenrock und einen schwarzen Filzhut. Mit ihren krausen Haaren, die sie zu einem Dutt zusammengebunden hat, glänzt sie wie ein frischpoliertes Möbelstück. Verführerisch wie Palmwein. Das fand auch mein Vater, was man daran erkennen konnte, daß er auf seiner Kola herumgekaut, sie ausgespuckt und »Kaie! Kaie!« gesagt hat, was bei uns der entsprechende Ausruf ist.
Aber sie tut so, als wäre er gar nicht da. Sie ist direkt auf mich zugegangen und hat mich in ihre Arme genommen. Sie hat angefangen, mich mütterlich zu streicheln. Sie hat meine Haare angefaßt, an meinen Ohren herumgespielt, ihre Arme einfach so von hinten über meine Schultern gelegt, und ihre Handflächen haben dabei meine Brust leicht berührt. Dann hat sie sich meine linke Hand geschnappt und jeden Finger einzeln betrach-

tet. Ich habe versucht, von ihr loszukommen, aber sie wollte nichts davon wissen. Sie hat alle meine Finger abgeküßt, dann hat sie mich angestarrt, als hätte sie soeben die Jungfrau Maria erblickt, und sie hat gefragt: »Mein Schatz, hättest du Lust, heute zum Nikolaus zu gehen?«

»Ich heiße nicht ›mein Schatz‹, verstanden?« habe ich gesagt.

Da hat es ihr die Sprache verschlagen. Sie hat meinen Papa angesehen. Mein Papa hat sie angesehen. Sie haben sich gegenseitig angesehen, ohne zu reden, ohne sich zu bewegen. Minutenlang. Also habe ich mir eine Crêpe genommen und bin in die Küche gegangen. Als ich zurückgekommen bin, habe ich gedacht, sie wären immer noch da. Aber nein! Aminata war draußen auf dem stillen Örtchen, und Papa war dabei, seinen Regenmantel anzuziehen.

»Macht euch fertig, Kinder, wir gehen jetzt zum Nikolaus.«

»Seit wann denn das?« fragt M'am.

»Seit wann was?« fragt mein Papa zurück.

»Seit wann kümmerst du dich denn um die Kinder, Abdou?«

»Was willst du damit sagen? Willst du etwa behaupten, daß ich kein guter Vater bin?«

»Ich will überhaupt nichts behaupten«, erwidert M'am.

»Aber du hast doch gesagt, daß ...« fängt meine Schwester Fatima an zu protestieren.

»Misch dich nicht ein«, sagt mein Papa.

Aber sie wollte nichts davon wissen.

»Beeil dich«, drängt er. »Zieh dich an. Deinetwegen kommen wir noch alle zu spät.«

»Ah, diese Erwachsenen! Ah, diese Erwachsenen!« hat sie schließlich gesagt.

Draußen ist es kalt. Einfach saukalt. Aber ehrlich, der Winter sollte sich lieber mal in die warme Stube hinter den Kamin verziehen! In den Straßen von Paris gibt es viele Nikoläuse. Sie sehen alle gleich aus. Wir sind zu dem bei den Samaritern gegangen. Er hat einen weißen Bart und einen roten Mantel, und sein Gespann steht neben ihm, vollbehängt mit Girlanden. Es gibt dort grüne Bäume, geschmückte und beleuchtete Tannen-

bäume. Einige Clowns sind auch da. Die sind lustig mit ihren geschminkten Gesichtern. Ich würde gern noch ein bißchen zusehen, aber mein Papa hat mich am Anorak gezogen und wir sind zum Nikolaus gegangen. Dort stehen viele Eltern, mit Kindern, die wie kleine Prinzen angezogen sind. Das Kind einer dikken Frau stampft die ganze Zeit wütend mit den Füßen auf den Boden und schreit: »Ich will! Ich will! Ich will!« Was es wollte, wußte niemand. Dann war ich an der Reihe. Der Nikolaus hat mich gefragt: »Womit kann ich dir denn eine Freude machen, mein Kleiner?«
»Weiß nicht«, habe ich geantwortet.
»Wie wär's mit einem ferngesteuerten Flugzeug?«
»Ich weiß nicht«, habe ich wieder geantwortet.
»Oder vielleicht ein Auto, das mit Batterien fährt?«
»Ich weiß nicht.«
Der Nikolaus kratzt sich am Bart und sagt: »Eine elektrische Spielzeugeisenbahn, mit Bahnvorsteher, Cowboy und allem was dazugehört, würde dir das gefallen, mein Kleiner?«
»Vielleicht, aber eigentlich will ich glücklich sein«, sage ich zu ihm. »Könntest du nicht dafür sorgen, daß ich glücklich bin?«
»Aber natürlich, mein Sohn«, sagt er.
Dann nimmt er mich auf seinen Arm, und es macht: Blitz! Ein Mann hat gerade ein Foto gemacht. Er dreht sich zu meinem Vater um und sagt: »Das macht vierzig Franc, Monsieur.«
Jetzt ist Fatima an der Reihe. Sie steigt auf das Podest. Sie schaut dem Nikolaus in die Augen und fragt: »Bist du sicher, daß du nicht nur da bist, um die Eltern an der Nase rumzuführen?«
»Nein, mein Kind.«
»Warum bist du dann kein Afrikaner?«
»Reiner Zufall, mein Kind.«
»Stimmt nicht! Siehst du, du lügst doch, um die Eltern an der Nase rumzuführen. Du bist kein Afrikaner, weil du nicht der wirkliche Nikolaus bist.«
»Sie hat recht«, sagt die Frau, deren Kleiner die ganze Zeit »Ich will! Ich will!« gebrüllt hat. »Unsere Vorfahren waren schwarz.

Ich habe in einer Zeitung gelesen, daß die erste Eva schwarz war.«
»Na, wenn das so ist...« sagt ein Mann mit Hut. Dann nimmt er seinen Sohn bei der Hand, und geht weg. Die anderen Eltern folgen seinem Beispiel.
Ich weiß zwar nicht, wer diese Eva sein soll, aber ich kann schwören, daß das die dickste Lüge ist, die ich jemals gehört habe.

Heute abend sind viele Leute bei uns zu Hause. Sie sind glücklich. Sie glauben, daß die Bäume, die Blumen, die Erde, daß all das ihnen gehört. Auch die Sterne. Sie sitzen alle auf dem Boden und picknicken. Die einen spielen Karten, die anderen Lido. Sie unterhalten sich über 'ne Menge Sachen, aber ich denke an Lolita, und ich frage mich, wie die Weißen wohl Neujahr feiern. Dann holt mein Papa seinen Kassettenrecorder raus und legt Kassetten mit Musik aus Mali ein. Es dröhnt so schrecklich, daß man einen Toten damit wecken könnte.
»Das Fest soll beginnen!« sagt er.
Alle klatschen und die Leute fangen an zu tanzen. Doch da kommt Madame Zola, unsere Nachbarin. Sie klopft an die Tür. Sie sagt, daß die Musik sie stört, daß sie nicht schlafen kann. Aber sie sieht nicht gerade aus wie jemand, der schläft, denn sie hat ein graues Kleid an, und die drei Haare, die sie noch auf dem Kopf hat, haben vor kurzem noch in Lockenwicklern gesteckt. Madame Zola will niemanden ärgern. Außerdem ist es bestimmt nicht immer lustig, allein zu leben, mit einem autistischen Kind als einziger Gesellschaft.
»Kommen Sie rein, kommen Sie rein, Madame Zola«, sagt der Vater und hält die Tür weit auf.
Zunächst lehnt sie ab, aus Höflichkeit. M'am sieht sie an, ihre Augen sagen: »Herein, herein. M'am bringt Sie ganz schnell wieder auf die Beine.« Und mein Papa wiederholt noch einmal mit Nachdruck seine Einladung. Schließlich nimmt sie an. Sie kommt herein. Monsieur Kaba fordert sie zum Tanz auf, und sie tanzen. Daraufhin ist Madame Zola in bester Laune.

»Es ist schon viele Jahre her, daß ich getanzt habe«, sagt sie lachend.
»Nutzen Sie die Gelegenheit, Madame«, sagt Monsieur Kaba. »Außerdem sind Sie eine ausgezeichnete Tänzerin.«
Das alles sind Höflichkeiten, aber Madame Zola lächelt freudig, und ihre Backen werden rot wie Tomaten.
Abwesend beobachte ich das Ganze. Doch plötzlich passiert etwas. An der Eingangstür klopft es. Und die Kreatur – pardon, meine Mutter – hat einen vielbeachteten Auftritt.
Sie ist nicht allein. Ein Herr begleitet sie. Er ist äußerst korrekt gekleidet, mit schwarzen Anzug, weißem Hemd und einer Krawatte. Ich kenne ihn nicht. Aber er ist ein Schwarzer und willkommen bei unserer Sippe. Sie dagegen leuchtet hell wie die Sterne, ich schwör's. Sie trägt ein kleines Kleid mit Diamanten, das von kleinen Trägern gehalten wird. Fast kann man die Spitzen ihrer Brüste sehen. Und jeder wartet nur darauf, daß es herunterrutscht. Aber es hält. Ich kann es kaum glauben. Wenn man sie so sieht, kann man sich kaum vorstellen, daß sie ein Kind in meinem Alter hat.
»Zu Hilfe!« schreit Monsieur Richard. »Ich habe Feuer unterm Hintern!« Dann geht er auf Aminata zu und sagt: »Ich stehe dir in jeglicher Hinsicht zur Verfügung.«
»So viel verlange ich gar nicht«, antwortet sie. »Nur vielleicht einen kleinen Scotch mit Eis.«
»Und Sie, Monsieur?« fragt er den Fremden.
»Für mich das gleiche.«
Da stellt sich auch Tante Mathilda zu ihnen, sie hat wie üblich eine Kippe im Mund.
»Wie schön Sie sind, meine Liebe!«
Sie sieht sie an, als würde sie sich gleich auf einen Mohrenkopf stürzen. Ihr Blick überrascht mich. Es ist nicht der Blick einer Frau, sondern der eines Mannes. Denn, wenn die Frauen sich angucken, dann enthält ihr Blick immer ein bißchen Eifersucht, aber bestimmt keine Zuneigung, und auf gar keinen Fall sieht er so aus, als würden sie sich etwas schenken wollen. Und sie sagen niemals in so einem Ton: »Wie schön Sie sind, meine Liebe!«

Alle Männer in dem Zimmer sehen Aminata an. Sie sehen nur sie an, es ist, als ob die anderen gar nicht da wären.
Der Monsieur, der mit Aminata gekommen ist, nimmt Aminatas Hand, schaut ihr tief in die Augen, und sagt: »Es stimmt, du bist wirklich toll, meine Liebe!«
Da springt mein Papa wie wild geworden auf. Er steht vor Aminata und guckt sie ganz entgeistert an. Sie sagt zu ihm: »Darf ich dir Monsieur Nkomo vorstellen.«
»Was fällt dir denn ein, dich aufzudonnern wie eine Nutte?« fragt er.
»Das geht dich überhaupt nichts an«, erwidert sie.
»Du hast dich gefälligst zu benehmen wie eine verantwortungsbewußte Frau.«
»Meinem Begleiter gefällt es sehr gut, wie ich angezogen bin, nicht wahr, Liebling?« fragt sie Monsieur Nkomo.
»Eure Problemchen gehen mich nichts an«, sagt Monsieur Nkomo. »Ich bin für Frieden, nicht für Krieg.«
»Zieh das auf der Stelle aus«, befiehlt mein Papa der Kreatur.
»Vergiß es, Abdou. Ich bin nicht deine Frau.«
»Aber die Mutter meines Sohnes.«
»Das tut nichts zur Sache, stimmt's, mein Sohn?« fragt sie mich.
Ich tue so, als hätte ich nichts gehört und sage: »Ihr solltet lieber tanzen.«
»Kindesmund tut Wahrheit kund«, sagt mein Papa.
Er zerrt sie auf die Tanzfläche. Und schon schwingen sie ihre Hüften zum Takt der Musik.
In dem Moment erscheint Soumana. Krank wie keine zweite. Sie ist angezogen wie eine echte afrikanische Königin. Sie trägt eine große blaue Tunika, mit Gold um die Brust und die Hüfte herum. Außerdem hat sie ein Tuch, glitzernd wie ein Diamant und mit roten Fransen, die teilweise ihre Wangen bedecken. Und sie trägt ihre kleine Tasche aus Schlangenleder mit den dazu passenden Sandalen. Ich habe sie wirklich noch nie so schick gesehen. Einige Male wäre sie fast umgefallen, weil es ihr schwerfällt, auf den Beinen zu bleiben. Und von nahem sehe ich

den gelben Puder, der große Placken auf ihrer Wange bildet, aber das macht nichts, weil sie ihr Bestes gibt, und es in dem Fall nichts ausmacht. Sie stellt sich vor das Pärchen und fragt: »Darf ich mit meinem Mann tanzen?«

»Wenn wir mit diesem Tanz fertig sind«, antwortet mein Papa.

»Jetzt!« befiehlt Soumana.

»Allah Kabia!« sagt M'am, weil sie ahnt, wo das hinführt.

Aber mein Papa hört nicht auf sie. Er tanzt einfach weiter. Da legt Soumana ihre Hände an die Hüften und schreit: »Ich bin noch nicht tot! Ich bin noch nicht tot! Solange ich lebe, werde ich nicht zulassen, daß sie so etwas mit mir macht.«

»Sie hat bei mir die gleiche Stellung wie du«, sagt mein Papa.

»Beleidige mich nicht, Abdou«, brüllt sie. »Die ist doch nichts als eine Schlampe.«

Aminata sagt: »Es tut mir leid.«

»Es wurde auch Zeit«, entgegnet Soumana. »Verdammtes Miststück!«

Man kann sehen, daß Aminata langsam die Nase voll hat, und sie wiederholt: »Es tut mir leid.«

»Raus hier, du dreckige Hure!« kreischt Soumana und sie schlägt Aminata die Faust ins Gesicht.

Da sieht Aminata rot. Sie dreht sich um und hebt ihren Arm. Aber mein Papa hat das Donnerwetter kommen sehen. Er packt Aminatas Hand und hält sie zurück. »Tu das nicht«, wiederholt er einige Male wie bei einem Gebet, »tu das nicht.« Und er hält ihren Arm immer noch fest. Sie stehen da und sehen sich an, als ob sie ganz allein wären, während Soumana nach wie vor »Hure! Hure! Hure!« brüllt. Schließlich beruhigt Aminata sich, schnappt sich ihren Banker, und sie verschwinden, ohne sich von irgend jemand zu verabschieden. Papa hält Soumana an der Schulter fest, damit sie nicht umfällt. Allein schafft er es nicht, wegen der vielen Kilos. Monsieur Makossa eilt herbei und hilft ihm, Soumana in ihr Zimmer zurückzubringen. Wißt ihr, diese Solidarität unter Afrikanern ist schon was Tolles.

Dann fangen alle Leute an, zu reden. Besonders Monsieur Ma-

kossa. Er sagt: »Immer wenn man allzu verschiedene Menschen zusammenbringt, endet es böse. Na ja, schließlich sind wir ja nicht von der gleichen sozialen Schicht.«
Alle grummeln ein wenig vor sich hin. Da sagt Monsieur Makossa, daß er Aminatas Begleiter kennt. Ein Strolch! Ein Tunichtgut! Und wie, glauben wir, hat der es wohl geschafft, sich im Bankgeschäft niederzulassen? Natürlich indem er seinen Arsch zum Kauf angeboten hat! Und sogar in der Geldwäscherei hat der seine Finger drin! Ein Schweinehund! Ein Stück Dreck! Aaaah! Niemals, solange die Welt noch in Ordnung war, hätte er mit diesem Ganoven am gleichen Tisch gegessen! Mit diesem Grabplünderer... Und das Beste ist, daß dieser Schurke auch noch die Tochter eines Staatschefs heiraten will... Ja, habt ihr das denn nicht gewußt? Das ist die Wahrheit. Er hat ja auch selbst bei den Wahlen kandidiert, um Präsident von irgend etwas zu werden, aber er hat nur eine einzige Stimme bekommen, nämlich seine eigene! Das Volk ist doch nicht bescheuert! Es würde doch niemals einen Schwulen akzeptieren... Aber eins kann ich euch sagen: Ich habe nichts gegen Schwule, denn sie haben ja schon den gesamten gesunden Menschenverstand der Gesellschaft, der dagegen spricht. Aber seinen Arsch hergeben, das muß man schon mögen, ansonsten ist das ja wohl abartig, denn sich zu prostituieren, ist ja eigentlich ein Weiberberuf.
Mein Papa ist aus dem Schlafzimmer zurückgekommen. Er sieht aus, als sei er wieder völlig auf der Höhe. Er fragt: »Wie geht's, meine Freunde?«
»Gut!« haben die anderen lachend geantwortet.
»Sehr gut«, hat er gesagt, »das Fest soll weitergehen!«
Ich weiß, daß er das nur gesagt hat, um gute Laune zu machen, denn anders geht es nicht.
Madame Zola ist zu meinem Vater gegangen und hat gesagt: »Es war ein sehr gelungener Abend, Monsieur Abdou, aber ich muß leider gehen...«
»Ach, bleiben Sie doch noch ein wenig«, sagt mein Papa. »Der Abend hat doch gerade erst begonnen. Kommen Sie, lassen Sie uns tanzen.«

Sie hat mit Vergnügen angenommen. Sie hat mit dem Hintern gewackelt wie die Tänzerin einer Go-go-Bar, mit einem verschmitzten Lächeln im Gesicht. Sie hat lachend gesagt, daß es sie an ihre Jugend erinnert, wo sie noch flott auf den Beinen war und zehnmal die Treppe rauf und runter gehen konnte, ohne müde zu werden. An das, was danach geschah, kann ich mich nicht mehr erinnern. Als ich am nächsten Morgen aufgewacht bin, lagen überall leere Flaschen und Essensreste in den Schüsseln herum.

Timothée ist gekommen und hat geklopft. Ich habe aufgemacht und ihn gefragt, ob er etwas von den Resten haben möchte. Er hat ja gesagt. Ich habe ihm etwas gegeben, und er hat es gegessen. Am Abend hatte er dann überall einen Ausschlag. Er hat sich die ganze Zeit gekratzt. Das war dann unser Weihnachten.

*

In den Ferien spiele ich mit meinem Freund Alexis. Aber draußen ist es kalt, sogar sehr kalt. Wir spielen Fußball und dann flippern wir, aber Monsieur Ndongala ist nicht da, um uns zu sagen, wieviel es kostet. Niemand hat ihn seit dem Weihnachtsabend mehr gesehen, sogar mein Vater macht sich Sorgen. M'am sagt, daß er mit Sicherheit ein Plätzchen gefunden hat, wo er gleichzeitig essen und schlafen kann. Und alle finden das sehr lustig, außer mir natürlich, aber so ist das Leben!

Einmal hat Alexis ein bißchen Geld geklaut. Aber Monsieur Guillaume hat es gemerkt. Da hat er ihm eine Ohrfeige verpaßt und ihm Hausarrest gegeben. Dieser Tag ist mir sehr lang vorgekommen, so lang, als wären wir in Afrika, also bin ich ein wenig in der Gegend herumgelaufen, bis ich plötzlich vor Lolitas Haus stand. Ich bin zunächst die Rue Jean-Pierre Timbaud entlanggelaufen, dann in den Boulevard de Belleville eingebogen und anschließend die Rue de Belleville hochgegangen.

Dort habe ich Madame Saddock getroffen. Sie hatte einen schwarzen Mantel und Handschuhe an und einen Filzhut auf

dem Kopf. Ich habe auf den Boden geschaut, damit sie mich nicht entdeckt. Aber sie hatte mich schon gesehen. Sie hat gerufen: »Loukoum! Loukoum...«
Dann hat sie mich eingeholt.
»Wie geht es dir, mein Kleiner?«
»Gut«, habe ich geantwortet, da ich keine Lust auf lange Diskussionen hatte.
»Und wie geht es M'am? Und Sou?«
»Prima, ganz prima«, habe ich gesagt.
»Ach«, hat sie erwidert. »Das ist aber eigenartig. Ich versuche nämlich schon seit einigen Tagen, mich mit ihnen zu treffen, aber es reagiert niemand auf mein Zeichen.«
»Sie wollen nicht mit Ihnen sprechen, Madame.«
»Aber warum denn?« hat sie ganz aufgeregt gefragt. »Was ist denn passiert?«
»Keine Ahnung, Madame. Von den Sachen Erwachsener verstehe ich nichts.«
Sie hat komisch gelächelt, aber ich wußte, daß es kein ehrliches Lächeln war, da es ja eigentlich nichts zu lächeln gab.
»Hättest du Lust, ein Eis mit mir zu essen, Loukoum?«
»Klar«, habe ich gesagt.
Ich mag diese Frau zwar nicht, aber ich liebe Erdbeereis.
Also sind wir in ein Café gegangen. Madame Saddock hat einen Tee bestellt, und ich habe mir – wenn schon, denn schon – vier Kugeln Eis bringen lassen. Es war köstlich. Aber sie hat nicht aufgehört zu reden, sie hat mir ständig Fragen gestellt. Es war mir klar, daß sie mich ausquetschen wollte. Ich bin doch nicht von gestern! Wenn sie Auskünfte will, dann soll sie doch zum Inspektor Malcolm gehen.
Ich habe mein Eis gegessen und mich dann so schnell verdrückt, daß ich sogar vergessen habe, mich zu bedanken.
Ich bin wieder die Rue de Belleville entlanggelaufen. Es hat stark geregnet. Es ist wie in den Geschichten, die M'am erzählt. Der Regen, das sind die guten Geister, er trägt dazu bei, daß die Kinder schön wachsen, ebenso wie die Muttermilch, die wir saugen. Manchmal denke ich tatsächlich, daß der Regen die

Milch von meiner Mama ist, die ich nicht kenne. Ich öffne weit den Mund und lasse das Wasser hineintropfen, und ich bin glücklich, glücklich... Denn es sind die Geister meiner Vorfahren, die ich trinke, und so verliere ich dann wenigstens nicht vollkommen meine Identität. Ich erzähle es aber niemandem, weil die Weißen an diese Art von Geschichten ja nicht glauben.

Schließlich bin ich bei Lolita angekommen. In den Wohnungen haben die Leute Fernsehen geguckt. Manche hatten ihre Fenster mit Lametta geschmückt. Ich bin vor dem Haus stehengeblieben. Die Eingangstür war offen. Ich bin in meinem Anorak draußengeblieben. Und ich habe die Tür beobachtet. Ein Herr ist mit Blumen in das Haus gegangen. Eine alte Dame ist rausgekommen. Sie hatte ein Nylontuch um den Kopf, damit ihre Haare nicht naß werden. Ich habe die Tür weiter beobachtet.

Ein Hund und eine Katze sind vorbeigelaufen. Beide ganz schnell. Der Hund hatte einen sehr merkwürdigen Gang, weil ihm kalt war. Ich habe ihn gerufen, aber er hat nicht reagiert. Er hat sich unter einem Baum versteckt, von wo aus er mich beobachtet hat. Da mußte ich an die Clochards von Belleville denken, die draußen ganz allein leben, ohne daß sie ein Dach über dem Kopf brauchten.

»Was hast du denn hier verloren?«

Ich drehe mich um.

Es ist eine ältere Dame. Sie trägt einen grauen Regenmantel mit Knöpfen, die aussehen wie Tannenbäume.

»Es ist doch wohl nicht verboten, draußen zu sein«, sag ich zu ihr.

»Wo wohnst du?«

»Das geht dich nichts an«, antworte ich.

»Ah! Ah!« stöhnt sie empört. »Also wirklich, diese Jugend von heute! Zu meiner Zeit...«

»Inschallah, Madame.«

»So eine Frechheit!« keift sie.

»Inschallah!«

Sie hat irgend etwas gegrummelt und den Kopf geschüttelt.

Dann ist sie verschwunden. Ich habe mir alle Fenster von Lolitas Wohnung genau angesehen. Ich habe mir überlegt, daß sie mich vielleicht sehen kann, daß sie mich vielleicht sogar beobachtet, aber ich konnte sie nicht entdecken. Und doch war sie zu Hause, weil nämlich Blumen auf dem Fenstersims standen. Wie dem auch sei, ich bin trotzdem dortgeblieben.
Da habe ich eine Stimme gehört: »Was machst du denn hier, Mamadou?«
Es war Lolita. Sie war mit einer Frau zusammen. Sie hatten Pakete dabei. Ich habe daraus geschlußfolgert, daß sie einkaufen waren.
»Kennst du den?« hat die Frau sie gefragt.
»Natürlich«, sagt sie. »Der ist in meiner Klasse.«
Sie kommen auf mich zu. Sie sehen sich unheimlich ähnlich. Ihre Mutter ist sehr dünn. Sie hat 'ne Menge Haare auf dem Kopf.
»Was machst du denn hier im Regen, Kleiner? Du holst dir noch den Tod! Komm mit rein...«
Wir sind zu Lolita hochgegangen. Ich habe meinen Anorak ausgezogen und ihn fein säuberlich in die Garderobe am Eingang gehängt. Die Wohnung von Lolita ist die schönste Wohnung, die ich in meinem Leben je gesehen habe, ich schwör's! Da gibt es ein großes Zimmer, viel größer als unsere gesamte Wohnung, eine Küche, zwei Badezimmer und noch weitere Zimmer. Lolitas Mutter hat mir ein Handtuch gegeben, um mir die Haare abzutrocknen. Dann hat sie uns Kekse mit Milch gebracht. Ich weiß auch nicht warum, aber es hat besser geschmeckt als bei uns zu Hause.
»Wohnst du hier in der Gegend?« hat Lolitas Mama gefragt.
»Nein, ein Stück weiter unten«, habe ich geantwortet. »Ich komme aus Mali.«
»Du solltest nicht draußen im Regen herumlaufen«, hat sie nochmal gesagt.
Ich habe nichts dazu gesagt.
»Wohnst du bei deinen Eltern?«
»Ja.«

»Was macht dein Vater denn?«
Ich habe es ihr erzählt. Sie hat aufmerksam zugehört. Die Weißen hören den Schwarzen zu, wenn sie ihnen ihr Leid klagen. Aber wenn sie ihnen sagen, daß alles gut läuft, daß sie ihre Hilfe nicht benötigen, dann hören sie nicht mehr zu.
Also werde ich ihr wohl kaum den Gefallen tun und ihr erzählen, daß mein Papa zwei Frauen und viele Mätressen hat, und daß meine Mutter eine Hure ist. Nein, ich habe ihr eine Geschichte erzählt, die die Weißen nicht mögen. Daß wir gute Leute sind. Daß mein Vater im Rathaus arbeitet. Daß meine Mutter Kassiererin bei Ed ist.
Sie hat gegähnt und gesagt: »Geht ins Zimmer, spielen. Aber macht nicht so viel Krach.«
Lolita hatte ein eigenes Zimmer mit weißen Vorhängen und einer schönen Tagesdecke auf dem Bett, mit bunten Vögeln darauf, so daß ich mich nicht getraut habe, mich draufzusetzen.
Zuerst haben wir ein Puzzle gemacht. Dann haben wir Mama und Papa gespielt, das ist mein Lieblingsspiel.
»Zeig ihn mir«, hat sie plötzlich gesagt.
»Was soll ich dir zeigen?« habe ich gefragt.
»Deinen Pimmel natürlich! Ich wette, du hast ihn noch nie einem Mädchen gezeigt.«
»Doch«, habe ich gelogen.
»Also, warum zeigst du ihn mir dann nicht?«
»Ich will nicht, das ist alles.«
»Dann bist du eben ein Schlappschwanz! Du bist bestimmt noch Jungfrau.«
»Gar nicht«, habe ich gesagt.
»Dann zeig her.«
»Zuerst du.«
»Wenn du willst. Paß du auf die Tür auf, nur für alle Fälle.«
»O.K.«, habe ich gesagt.
Sie prustet. Sie legt sich aufs Bett. Sie zieht ihren Rock hoch. Dann zieht sie sich die Hose runter. Pah, das ist, wie wenn man im Biologie-Unterricht ein Herz sieht. Es sind keine Haare

drumherum wie bei der Muschi von Soumana. Aber innendrin sieht es aus wie eine feuchte Rose.
»Findest du sie hübsch?« fragt sie.
Ich komme näher, sehe sie an und berühre den Knopf. Mir läuft ein Schauder den Rücken runter. Ach, nicht der Rede wert, aber es reicht, damit mir so einiges klar wird. Nächstes Mal werde ich etwas länger dran herumspielen.
»Findest du sie hübsch?« fragt sie nochmal.
»Weiß nicht.«
Da steht sie auf, kommt zu mir und sagt: »Jetzt bist du dran.«
»Nein.«
»Du hast es versprochen.«
»Nein«, sage ich. »Es gibt eine Stelle im Koran, wo steht, daß das böse ist.«
»Aber er, dein Gott, hat es doch wohl gemacht, oder? Also muß es auch gut sein.«
Da wirft sie sich auf mich, packt mich an der Hose und zerrt am Reißverschluß. Ich kann mich nicht mehr bewegen. Ich bin innerlich wie gelähmt. Ich höre lauter Vögel in meinem Kopf zwitschern. Der Wind bläst. Bäume schaukeln hin und her. Nicht, daß sie weit weg wären. Ich habe den Eindruck, daß ich ein Teil davon bin. Daß, wenn der Baum zum Beispiel umfällt, ich dann mit umfalle. Es ist wirklich eigenartig.
Lolita gluckst vor Lachen.
»Du bist vielleicht häßlich«, sagt sie, als könne sie es kaum glauben, während sie sich meinen Pimmel ansieht.
Ich schaue runter auf meinen Schniedelwutz. Er ist ganz steif. Ich muß daran denken, wenn M'am mich gewaschen hat. Auch da ist mir immer ein kleiner Schauder den Rücken runtergelaufen. Manchmal auch ein größerer.
»Da kommt meine Mutter!« hat sie geschrien.
Ich habe schnell meine Unterhose und meine Hose wieder hochgezogen. Ich hatte das Gefühl, daß wir etwas Böses getan hatten.
»Ich muß jetzt gehen«, habe ich gesagt.

Dann habe ich sie angesehen und gesagt: »So etwas dürfen wir nicht mehr machen, sonst ist der liebe Gott böse mit uns.«
Aber manchmal, nachts, wenn ich im Bett liege und Geräusche aus dem Zimmer meiner Eltern höre, dann ziehe ich mir die Decke über den Kopf und spiele an meinem Schniedelwutz herum, und ich denke an Lolita, und dann kommt es in mir wieder hoch.

Ach du Schreck! Mademoiselle Esther ist bei uns. Sie sieht nicht gut aus. Sie ist bleich. Man könnte meinen, sie hätte sich Reispulver ins Gesicht geschmiert. Und sie sieht schlapp aus. Ihr ist schlecht. Sie trinkt Tee, sie muß brechen. Sie ißt Kuchen, sie muß brechen. Sie macht nichts anderes, als die ganze Zeit brechen.
Das hat uns gerade noch gefehlt. Wir haben ja schon Soumana, die von Tag zu Tag kränker wird. Sie ißt fast überhaupt nichts mehr. M'am steht nachts mehrere Male auf, um zu sehen, wie sie atmet.
»Was genau ist denn mit ihr los?« habe ich gefragt.
»Die Bronchien«, hat M'am mir geantwortet.
M'am scheint immer müder und immer trauriger zu werden. Mein Papa kommt Soumana nicht allzu nah, denn sie will ihn nicht sehen. Sie hat nicht mal mehr die Kraft, es zu sagen. Nur ihre Augen lassen ihre Feindseligkeit noch deutlich erkennen.
Als dann auch noch Mademoiselle Esther mit ihrem Elend zu uns gekommen ist, war M'am nicht mehr mit sonderlich viel Enthusiasmus bei der Sache. Sie hat gesagt: »Sie müssen zu einem Arzt gehen.«
»War ich schon.«
»Und?« hat M'am gefragt.
»Ich bekomme ein Kind.«
Das hat eingeschlagen wie eine Bombe. Mein Papa hat seine Kola ausgespuckt, Flick-flack, und gefragt: »Im wievielten Monat?«
»Fast im dritten.«
»Kein Problem, du kannst ja abtreiben lassen.«

»Will ich nicht.«
»Und warum nicht? Und außerdem, wer ist denn der Vater?«
»Was für eine Frage!« hat sie empört gesagt.
»Was heißt hier ›was für eine Frage‹?« hat mein Papa gesagt. »Mit den Mädchen von heute, da kann man nie wissen. Die machen doch für jeden die Beine breit... Da weiß man nie genau.«
»Ich weiß, wer dafür verantwortlich ist«, hat Mademoiselle Esther gesagt und meinem Papa dabei tief in die Augen gesehen.
»Also, wer ist es?« hat M'am gefragt.
»Es ist von ihm«, hat sie gesagt und dabei mit dem Finger auf meinen Papa gezeigt.
Er hat nichts dazu gesagt. Er hat den Kopf gesenkt.
»Woher sollen wir wissen, ob das stimmt?« hat M'am gesagt.
»Ich schwör's«, hat Mademoiselle Esther geantwortet.
»Und was willst du jetzt machen?«
»Weiß nicht.«
Dann hat sie noch hinzugefügt: »Sie sind doch für mich da, M'am, oder?«
Inschallah!

Soumana wird kränker und kränker. Und sie wird von Tag zu Tag schwächer. Mein Vater hat einen Arzt geholt. Es muß schon wirklich schlimm sein, wenn man sogar schon einen Arzt zu sich nach Hause holen muß, denn das ist eigentlich eine Extrawurst, die sich nur Bosse leisten können. Es ist doch schlimm, das Geld so aus dem Fenster zu werfen.
Als der Arzt unsere Wohnung und die Kinder, die um die Wette gebrüllt haben, gesehen hat, da hat er geschrien: »Das ist ja der reinste Kinderhort hier!«
Und alle haben gelacht.
Dann hat er Soumana untersucht. Solange ich lebe, habe ich Soumana noch nie krank gesehen. Ich meine so krank, daß sie hätte im Bett bleiben müssen. Wie ihr ja schon bemerkt habt, jammert sie zwar ununterbrochen herum. Das schon. Und wenn es mal nicht über die Untreue meines Vaters ist, dann tut ihr eben irgend etwas weh: mal der Kopf, mal die Füße, mal der

Rücken. Aber diesmal ist sie wirklich krank. Als mein Vater ins Zimmer gekommen ist, hat ihn der Arzt angesehen und gesagt: »Wenn Sie sie nicht umgehend ins Krankenhaus bringen, dann kann ich für nichts mehr garantieren.«

»Sie hat doch wohl keinen Krebs, oder?« hat mein Papa gefragt.

»Nein, Monsieur.«

Der Arzt kratzt sich am Bart und fügt hinzu: »Aber besonders angenehm ist es nicht!«

Er ist ein großer Arzt. Der versteht was von seiner Arbeit. Er besteht darauf, daß mein Papa Soumana ins Krankenhaus bringt, damit sie entsprechend behandelt werden kann. Soumana sagt: »O nein, Herr Doktor! Ich will nicht ins Krankenhaus. Ich will meine Kinder nicht allein lassen. Ich werde schon gesund.«

Dann hat sie den Kopf gedreht, dem Arzt ein armseliges Lächeln zugeworfen und hinzugefügt: »Wenn da nicht meine Kinder wären, dann hätte ich schon längst das Zeitliche gesegnet.«

Der Arzt hat genickt. Dann hat er ihr etwas verschrieben. Er hat uns angeguckt. Er sah traurig aus.

Er hat meinem Papa erklärt, daß Soumana eine Krankheit hat, die ihre Adern verstopft, und daß das Blut nicht dort langfließt, wo es eigentlich langfließen sollte. Er hat irgend etwas erzählt von einer Lungentrombolie oder so, ich habe das nicht so genau verstanden. Und daß sie besser in einem großen Raum aufgehoben wäre, wo man ihr intensive Pflege zukommen lassen könne.

»Was soll ich machen, Herr Doktor? Sie will nicht. Sie wissen ja, wie die Frauen sind... Alles Sturköpfe.«

»Wie Sie wollen, Monsieur. Wenn Sie irgend etwas brauchen, melden Sie sich.«

»Danke, vielen Dank, lieber Herr Doktor.«

Mein Papa fällt in seinen Sessel. Er sieht völlig abwesend aus. Aber ich sehe, daß er an den Fingernägeln knabbert. Dann seufzt er ganz laut, so wie wenn einem der Himmel auf den Kopf fällt.

Ich mache die Tür hinter dem Arzt zu. Ich gehe in die Schlafecke, um Soumana zu besuchen. Sie liegt im Bett. Die Arme weit in beide Richtungen ausgestreckt, nimmt sie den gesamten Platz ein. Sie jammert und stöhnt vor Schmerzen. Ich sehe, daß es ihr sehr schwer fällt, zu atmen. Sie ist vollkommen grau, und überall läuft ihr der Schweiß runter, fast wie bei einer schmelzenden Schokolade. M'am kniet vor ihrem Bett.

Soumana öffnet die Augen, dreht ihren Kopf zu uns und sagt: »Hör auf mit der Schauspielerei, M'am. Im Grunde bist du doch ziemlich froh... Bald hast du deinen Typen für dich ganz allein, einfach so.«

»Red keinen Unsinn, Sou. Frauen wie du, die sterben nicht.«

»Hat der liebe Gott dir das gesagt?«

»Vielleicht schon.«

»Da hast du aber Glück, daß dir der liebe Gott zuhört, denn bei mir ist es so, daß er und ich schon lange geschiedene Leute sind.«

»Soumana!« schreit M'am empört.

»Hör doch auf, M'am. An diesen Alten, der irgendwo da oben in seiner Staubwolke hockt, glaubt doch sowieso niemand mehr. Guck dich doch mal an, dann verstehst du, was ich meine.«

»Sou, hör zu. Ich weiß, daß ich nichts Besonderes bin. Ich habe keine Kinder auf die Welt gebracht. Ich bin schwarz, ich bin häßlich, ich schaffe es noch nicht einmal, den lieben langen Tag an einem Schreibtisch zu arbeiten. Aber der liebe Gott liebt mich, und das kann mir keiner nehmen.«

Dann fügt M'am leise hinzu: »Ich lebe und das reicht.«

»Auf daß du damit glücklich wirst!« sagt Soumana. »Und warum hat er dir dann nichts geschenkt, wie zum Beispiel den weißen Frauen?«

»Weißt du, Mathilda ist auch nicht besser dran als wir. Auch sie hat ihre Bürde zu tragen.«

»Das ist kein Grund. Du betest und betest, und weil du ihn die ganze Zeit anbetest, bläst der sich da oben immer mehr auf. Meiner Meinung nach ist er taub!«

»Sprich nicht so, Sou. Wenn er dich hört, dann wirst du entkoranisiert.«

»Das ist mir egal! Ich habe nichts zu verlieren, da er mir ja ohnehin nichts geschenkt hat.«

»Sou, er hat dir das Leben geschenkt, dir, deinen Kindern, und davor deiner Mutter. Außerdem gibt es viele schöne Dinge auf der Welt. Hast dir schon mal Sonnenuntergänge angesehen?«

»Ja, und?«

»Wenn du die Sonne betrachtest und sie ganz rot und dann schwarz wird, weil sie untergeht, da fühlst du, daß du im perfekten Einklang mit der Natur lebst, und dir wird bewußt, daß Gott dich liebt.«

»Alles was mir bewußt ist, ist, daß die Huren, die Fälscher, die Drogensüchtigen und die Mörder viel Spaß haben, während wir anderen uns den Kopf über irgendwelche ›Du sollst nicht töten‹, ›Du sollst Vater und Mutter ehren‹ zerbrechen. Ich weiß woran es liegt: Die Welt ist so verkommen, weil der liebe Gott ein Mann ist!«

»Es ist nicht gesagt, daß er ein Mann ist. Es waren die Männer, die das einfach so erfunden haben, um sich einen Vorteil zu verschaffen und die Frauen zu unterdrücken«, sagt M'am.

»Glaubst du, daß er eine Frau ist?«

»Warum nicht? Nur Frauen bekommen Kinder.«

M'am ist wunderbar, das schwöre ich. Man könnte meinen, eine gigantische Rose. Sie hat einen Blick zum Fenster hinausgeworfen und dann weitergeredet: »Dein Sohn ist auch ein Mann, das ist das Tragische dabei. Sie sind es, die uns alles wegnehmen, sogar den Wunsch zu leben, und wir stehen da und glauben, daß es der liebe Gott ist, der uns Böses will. Erinnerst du dich an den Tag, an dem Abdou in dein Bett gekommen ist?«

»So, als wäre es gestern gewesen.«

»Es hat so wehgetan in dieser Nacht, daß ich geweint habe. Ich habe gedacht, ich würde an meinen Tränen ersticken, Sou. Aber, so gegen Morgen, hat sich eine Taube bei mir ans Fenstersims gesetzt. Ich habe sie angesehen und angesehen, und ich habe gedacht: ›Wie groß Gott doch ist!‹ Und er ist groß, Sou, weil er mir die Freude gegeben hat, Kinder zu haben, obwohl ich selbst nie welche bekommen konnte.«

Soumana hat so etwas wie einen Schluckauf bekommen und dann gesagt: »Ich habe eher das Gefühl, daß er die Frauen nicht anhört, daß er da oben schläft und sich über uns lustig macht, verstehst du? Aber trotzdem tut es irgendwie gut, zu glauben, daß er da ist, daß er uns liebt. Dann ist wenigstens einer da, bei dem man nicht nachprüfen kann, ob er einen wirklich liebt. Man glaubt, daß er es tut. Und das ist auch besser so. So, und jetzt laß mich, ich möchte mich ausruhen.«
M'am ist rausgegangen. Ich habe mich neben Soumana gesetzt. Sie ist eingeschlafen und atmet laut wie ein Orkan. Es ist schon wahr, daß ich sie nicht leiden kann. Aber ich merke plötzlich, daß sie mir doch sehr wichtig ist. Es stimmt, das Leben ist schön, aber das wird einem erst später bewußt.
Draußen ist ein Auto hupend vorbeigefahren, ein Hund hat gebellt, und eine Frau hat ihren Sohn gerufen: »Damien! Damien!« Das Leben ging weiter.
Soumana ist aufgewacht. Sie sieht mich erschrocken an, als wäre ich ein Gespenst.
»Er darf mich nicht ins Krankenhaus bringen, Loukoum, sonst schicken sie mich zurück nach Afrika.«
»Nein, Sou«, habe ich gesagt.
»Bist du sicher, Loukoum?«
»Wir sind hier in Frankreich, Sou. Und niemand kann dich irgendwo hinschicken, wo du nicht hinmöchtest.«
»Schwindelst du auch nicht, mein Kleiner?«
»Inschallah, ich schwör's, versprochen«, habe ich geantwortet.
Ich habe ihre Hand genommen. Sie war kalt und ganz feucht. Ich habe sie ganz, ganz fest gedrückt.
Dann hat sie mich gefragt: »Warum kommt Madame Saddock mich denn nicht mehr besuchen?«
»Das weiß ich nicht. Vielleicht ist sie ja auch krank, oder sie hat einen Mann gefunden, oder sie hat keine Zeit. Du weißt ja, wie das Leben hier in Paris ist.«
»Trotzdem, es ist schon komisch...«
Dann habe ich gesagt: »Mach dir keine Gedanken, Sou. Wenn

ich groß bin, dann nehme ich dich mit nach Cannes. Dort gibt es das Meer, den Himmel, Mimosenwälder, Filmschauspielerinnen, englische Lords und Prinzessinnen von Monaco, die sich am Strand in ihren Unterhosen prügeln. Dort gibt es Ballons, die vom Himmel fallen, und Clowns in den Straßen. Ein Produzent wird dich sehen, und dann wirst du Schauspielerin.«

Nicht ein einziges Wort von dem was ich gesagt habe, habe ich geglaubt, ich schwör's! Aber ich wußte nicht, was ich sonst hätte machen sollen, besonders wegen dieser Sache mit Madame Saddock. Sie hat gelächelt. Ihr Lächeln ist gigantisch, besonders da ihr Gesicht so ausgemergelt ist. Allah, noch nie habe ich sie so gern gehabt! Ich habe ihre Handtasche genommen und ein wenig darin herumgestöbert. Ich habe ein Foto von ihr gefunden, als sie zwanzig Jahre alt war und noch nicht die vielen Kilos zuviel hatte. Als ich das Bild so betrachtet habe, habe ich gedacht, daß sie wirklich schön war, bis auf die Tatsache, daß sie gelb auf dem Foto ist. Wenn man sie so sieht, würde einem nicht im Traum einfallen, daß sie sich einmal so verändern würde und dann so etwas dabei herauskommt.

*

Die Schule fängt wieder an. Mademoiselle Garnier ist nicht da. Es gibt eine Vertretung. Diese Lehrerin ist jung und noch nicht so lang an der Schule wie Mademoiselle Garnier. Also hört niemand zu, wenn sie etwas sagt.

Pierre Pelletier bringt mir Geschichte und Geographie bei. Er erklärt mir, daß das da Amerika ist und daß die Schwarzen andere Schwarze verkauft haben, damit sie in den Baumwollfeldern der Weißen arbeiten. Ich verstehe das nicht so ganz. In meiner Familie habe ich noch nie jemanden davon reden hören. Noch nicht einmal Monsieur Ndongala. Scheint so, als hätten wir nichts damit zu tun. Dann gehen uns die Tonnen von Schwarzen, die verreckt sind, auch nichts an.

In würde trotzdem gern in die Vereinigten Staaten reisen. Ich würde dieses Land gern sehen, wo so viele unserer Brüder gelitten und gearbeitet haben und gestorben sind in der Hoffnung, eines Tages Afrika wiederzusehen. Ich würde diesen Boden gern küssen, ich weiß auch nicht warum. Ein kleines Etwas, wie eine aus der Geschichte geborene Stimme. Ich kenne sie nicht. Aber sie ist da.

Pierre Pelletier ist nett. Er spricht auch von Ägypten, das in Afrika liegt. Er erklärt mir, daß es dort früher einmal eine Kultur gegeben hat, die so groß und mächtig war wie die des Abendlandes. Damit ich schlauer werde, läßt er mich ein paar Rechenaufgaben und 'ne Menge anderer Dinge machen. Aber nach diesen langen, langen Ferien habe ich das Gefühl, daß ich überhaupt nichts mehr weiß. Daß ich schon jahrelang nicht mehr in der Schule war. Daß ich alles vergessen habe. Dann denke ich, daß ich etwas begriffsstutzig bin, daß ich neue Sachen nicht im Kopf behalten kann. Aber es gibt bestimmte Sachen in uns, bei denen man weiß, daß man sie weiß, und da brauche ich keinen Pierre Pelletier, um das zu verstehen.

Die neue Lehrerin hat es wirklich schwer. Niemand hört ihr zu. Sie kann brüllen und schreien, aber es ist, als würde sie gegen eine Wand reden. Dann hat sie gesagt: »Heute werden wir berichten, was wir in den Weihnachtsferien gemacht haben. Der Mutigste soll sich melden und anfangen.«

Da haben alle Kinder ihre Finger nach oben gestreckt und nicht mehr aufgehört zu schreien: »Ich, Frau Lehrerin! Ich, Frau Lehrerin!« Ich habe so für mich gedacht, daß es eigentlich nichts zu erzählen gibt, also habe ich meine Hände in die Hosentaschen gesteckt und auf den Boden geschaut.

Aber die neue Lehrerin hat es gesehen. Und ich habe weggeschaut, einfach so, als ob nichts wäre. Aber dieses Weibsbild hat Augen wie eine Schwarze, das schwöre ich. Nicht solche Schwarze wie mein Papa, der nachts eine graue Katze nicht von einer schwarzen unterscheiden kann, sondern wie die Schwarzen von früher. Monsieur Ndongala hat gesagt, in einer Enzyklopädie oder so ähnlich, die man lesen muß, um schlauer zu werden, steht, daß die braunen oder flüchtigen Schwarzen ihre weißen Verfolger auch aus großer Entfernung noch gut sehen konnten. Plötzlich hat die Lehrerin mit dem Finger auf mich gezeigt und gerufen: »Loukoum, würdest du uns bitte erzählen, wie du Weihnachten verbracht hast.«

»Ich?« habe ich erstaunt gefragt.

»Ich sehe dort niemand anderen«, sagt Alexis.

Ich stehe auf. Die ganze Klasse hat ihre Augen auf mich gerichtet. Und ich schaue nur Lolita an. Ich sehe, daß sie eine zarte, eine sehr, sehr zarte Haut hat. Ich glaube, damit ihre Haut so zart werden konnte, mußte ihre Mutter ihr immer Pampers anziehen.

»Wir hören«, sagt die Lehrerin.

»Ich bin Moslem«, antworte ich.

»Das tut nichts zur Sache«, sagt sie. »Den Nikolaus findet man in allen Ländern der Welt.«

»In meiner Religion ist es verboten, von den Ungläubigen zu sprechen.«

Die neue Lehrerin schüttelt einige Male den Kopf, als wolle sie damit erreichen, daß bei ihr der Groschen fällt. Anscheinend hat es auch geklappt, da sie mich gebeten hat, mich wieder hinzusetzen. Dann sagt sie: »Richard Dellacqua, würdest du uns bitte von deinen Weihnachtsferien erzählen?«

Richard Dellacqua ist aufgestanden, er hat sich vor die Lehrerin gestellt und wie ein braver Schüler die Arme verschränkt, und dann hat er erzählt: »Zuerst sind Mama und Papa aufgestanden. Sie haben ihre Morgenmäntel angezogen, und dann haben wir im Wohnzimmer gefrühstückt. Wir haben gegrilltes Brot mit Butter und Marmelade und Toast mit Rühreiern gegessen. Und ich mag doch keine Rühreier. Mama hat gesagt: ›Iß, Junge, iß! Du bist viel zu dünn.‹ Und mein Papa hat mich mit solchen Augen angesehen, und dann habe ich gegessen und gegessen, und mein Herz hat geklopft und geklopft, es hat gar nicht mehr aufgehört zu klopfen. Dann bin ich auf die Toilette gerannt, die ein Örtchen für die ganz privaten Bedürfnisse ist, wie mein Papa immer sagt, habe mir einen Finger in den Hals gesteckt, und dann habe ich gekotzt und gekotzt.«

»Und danach? Hat dir deine Mutter die Kotze dann warmgemacht?« hat Alex gefragt.
»Bäh... Igitt... Das ist ja ekelhaft«, haben die anderen geschrien.
»Ruhe jetzt!« hat die Lehrerin gebrüllt. »Verschränkt alle eure Arme und legt sie auf den Tisch, und du Richard, mach weiter mit deiner Geschichte.«
»An Weihnachten hatten wir Gäste, Tanten und Cousins, die man ab und zu mal sieht, denn in Frankreich heißt es ja immer: ›Jeder für sich, Gott für alle!‹ Es sind Tanten und Cousins von meiner Mutter. Ich habe auch noch andere Cousinen, nämlich die von meinem Vater, aber ich will euch nicht mit deren Problemen auf den Wecker gehen, weil sie zu Hause immer nur Ärger machen, und meine Tanten dann im Quadrat hüpfen, um alles wieder in Ordnung zu bringen. Anschließend gehen wir zu meiner Oma Odette. Sie ist sehr alt und spricht flämisch, das ist die Regionalsprache von Fortmardyck. Sie nennt mich ›mein kleiner Schatz‹, denn sie mag keine Erwachsenen, die die Erbsünde in sich tragen und die links wählen, wo einem alles wieder weggenommen wird, was man sich im Schweiße seines Angesichts hart erarbeitet hat. Ich persönlich finde, sie sollte in ein Kloster ziehen, um sich vor der Verdorbenheit und dem Verfall der Gesellschaft zu schützen, denn sie sagt immer: ›Wo führt das alles bloß hin? Was wird bloß aus dieser Welt? Ach Gott! Zu meiner Zeit...‹ Von meinem Vater habe ich keinen Opa mehr, ich kenne ihn nicht, denn er ist an einem Herzinfarkt gestorben, als er sich ein Spiel ›England gegen Frankreich‹ im Fernsehen angeguckt hat. Von meiner Mutter habe ich noch einen Opa. Er hat bei Renault gearbeitet, ist aber jetzt in Rente. Jetzt, sagt er, hat sich sein Leben verändert. Er kann nun seine wohlverdiente Ruhe genießen, aber er redet trotzdem ständig von Schrauben und Muttern. Er geht immer sehr früh ins Bett und schimpft über seine Nachbarn, die abends nach zehn immer noch laut sind. Er brüllt herum. Ich verstehe das nicht. Er hat doch den ganzen Tag, um zu schlafen. Wenn ihr meine Meinung dazu hören wollt, ich finde, Großpapa sollte in ein Erholungsheim

gehen, um seine Nerven zu beruhigen. Er sollte in der *Libération* eine Anzeige aufgeben, damit er wieder heiraten und sich an jemanden ankuscheln kann, denn die Einsamkeit ist furchtbar und tötet schneller als Krebs. An Heiligabend hat Odette eine Gans mit Maronenfüllung gemacht; dann sind wir in die katholisch-apostolische Kirche gegangen, um Gott dafür zu danken, daß bei uns in der Familie keiner Schnupfen hat, für jetzt und die kommenden Jahrhunderte. Amen.«

Dann war Johanne Dégoud an der Reihe.

»Mülltonne!« hat jemand gerufen.

»Raus mit ihr!« hat ein anderer gebrüllt.

Man muß das verstehen und vergeben, wenn man kann. Johanne Dégoud ist so fett und häßlich, daß selbst die französischen Hunde, die wirklich überall hinpinkeln, es nicht in ihrer Nähe machen würden. Ohne daß ich es böse meine, eins ist mal sicher: Sie hätten einfach zu viel Angst. Wenn sie einen anguckt, dann sieht sie aus wie ein Gespenst, und wenn sie einen nicht anguckt, dann sieht sie trotzdem aus wie ein Gespenst. Und dann hat sie doch angefangen zu erzählen! Was wollt ihr? Das ist eben Demokratie.

»Ich mag die Weihnachtsferien, denn während dieser Ferien, die zur Festlegung der nicht verifizierbaren Geburt Christi da sind, wobei deren Wahrheitsgehalt...«

»Ich brauche Luft!«

»Ahhhh!« hat Alex geschrien.

»Genug damit!«

»Seid ruhig!« hat die Lehrerin gebrüllt.

Niemand hat auf sie gehört. Alle haben nach Lust und Laune gelacht. Die Mademoiselle war wütend. Alex hat sich auf den Boden gehockt und gelacht wie ein epileptisches Pferd. Die Lehrerin hat ihn am Schlafittchen gepackt. Ich habe versucht zu sehen, was Lolita gerade macht. Sie hat überhaupt nichts gemacht, sie hat noch nicht einmal gelacht. Sie sah aus, als hätte sie jemand zurechtgewiesen, nur daß dies nicht der Fall war. Dann hat die Lehrerin Alex in ihr Büro geschubst und ihn gezwungen, sich mit den Armen über dem Kopf hinzuknien.

»Wir sind fertig«, hat sie gesagt. »Johanne, setz dich wieder auf deinen Platz.«
»Noch nicht, Madame«, hat jemand gesagt.
Es war Lolita. Mein Herz klopfte schnell, ganz schnell. Sie ist aufgestanden.
»Lolita, was machst du denn da? Setz dich sofort wieder hin!«
Aber Lolita hat so getan, als hätte sie es nicht gehört. Sie ist stehengeblieben.
»Ich muß Ihnen etwas sehr Interessantes erzählen«, hat sie gesagt.
»Du sollst dich hinsetzen«, befiehlt die Lehrerin.
Aber Lolita hat sich nicht von der Stelle gerührt: »Am Weihnachtsmorgen hat es bei mir zu Hause eine Revolution gegeben. Anstelle von Geschenken unter dem Weihnachtsbaum gab es einen gepackten Koffer an der Eingangstür. Mein Papa saß vor dem Fernseher, und meine Mutter machte das Frühstück.
›Fahren wir in Urlaub?‹ habe ich meinen Vater gefragt.
›In gewisser Weise schon‹, hat er geantwortet.
›Fahren wir ins *Disney World*?‹ habe ich nochmal gefragt.
›Nein, mein Schatz, das heben wir uns für's nächste Mal auf.‹
›Aha‹, habe ich gesagt. ›Wo fahren wir denn dann hin?‹
Er hat nicht geantwortet. Er ist aufgestanden, hat mich ganz fest gedrückt, und dann ist er mit seinem Koffer verschwunden.
›Papa!‹ habe ich geschrien.
Aber er ist nicht zurückgekommen. Mama hat mir das Frühstück gebracht, Corn-flakes, aber ich hatte keinen Hunger. Ich habe geschmollt. Sie hat gesagt: ›Lolita, du bist doch ein großes Mädchen und kannst bestimmte Dinge schon verstehen. Dein Vater und ich haben uns überlegt, daß es besser ist, wenn wir uns für einige Zeit trennen.‹
›Laßt ihr euch scheiden?‹ habe ich gefragt.
›So weit sind wir noch nicht‹, hat sie geantwortet. ›Aber...‹
›Prima!‹ habe ich gerufen. ›Dann habe ich zwei Zuhause!‹«
Dann ist Lolita still. Alle waren still. Die Lehrerin hat tief eingeatmet und wieder ausgeatmet, und nochmal tief eingeatmet und wieder ausgeatmet, dann hat sie gesagt: »Armes Kind!«

Sie ist auf Lolita zugegangen und hat sie in den Arm genommen.
»Tut mir leid, Kleine.«
»Macht nichts, Mademoiselle. Das Leben steckt eben voller Überraschungen!«
Inschallah!

*

Ich bin über die Rue Ramponeau nach Hause gegangen. An der Nummer vierundzwanzig bin ich stehengeblieben, weil dort ein Platz ist, wo sich zuhauf die Clochards treffen und glauben, daß sie noch von dieser Welt sind. Sie trinken Rotwein aus Plastikflaschen und rauchen Gitanes. Sie sind schmutziger als du und ich, tragen Jacken, die alt sind wie Methusalem, weil sie nämlich nachtragend sind und sich den Regeln der Gesellschaft nicht fügen wollen. Sie stinken nach verfaultem Rotwein, was ein sehr eigener Geruch ist. Ich hasse das. Die Frauen sehen aus, als wären sie seit ihrer Geburt nicht mehr gekämmt worden. Ich kann nur sagen: Das muß alles runter. Dann kann es nachwachsen. Aber ich sag es ihnen nicht, da mich niemand nach meiner Meinung gefragt hat. Sie trinken. Sie lachen. Sie haben die Stimme des Teufels. Ja, das ist es, der Teufel im Leib.
Eine alte Frau ist an mir vorbeigelaufen. Sie hatte einen grauen Mantel an und einen schwarzen Hut auf dem Kopf. Als sie die Clochards gesehen hat, ist sie zurückgewichen. Sie hat ihre Tasche über die Schulter gehängt und ganz fest unter ihren Arm geklemmt. Dann ist sie gelaufen wie ein Vogel Strauß und hat sich gezwungen, nicht in deren Richtung zu blicken. Jeder konnte es sehen. Es ist nichts passiert. Die Clochards haben sich weggeschmissen vor Lachen. Sie hatten jede Menge schiefe Zähne, die schwärzlich und nicht gesund waren. Es hat mich schon immer gewundert, daß die Weißen oft so schiefe und schlechte Zähne haben. Jeder in meiner Familie hat Zähne, die vollkommen weiß und schön gerade sind. Sauber aneinandergereiht, wohlgeformt und stabil, wie bei einem Hund. Angeblich muß das so sein, weil meine Vorfahren ja Kannibalen waren.

Die Geschichte mit Lolita läßt mir keine Ruhe. Es ist so, daß ich nach dem Anfangsschock ein bißchen Zeit gebraucht habe, um meinen Kopf zu schütteln und nicht anzufangen zu weinen. Und bis ich überhaupt begriffen hatte, was passiert war, da war sie schon verschwunden. Nichts könnte mich glücklicher machen, als bei ihr zu sein und ihr zuzuhören. Ich fühle das tief in meinem Herzen. Ich behalte es für mich.

Lieber Gott! Seitdem Soumana krank ist, muß M'am die ganze Arbeit allein machen. Sie wäscht, sie singt, sie putzt, sie singt, sie bügelt, sie singt, sie kocht, sie singt. Ich frage mich, warum müde Leute soviel singen. M'am sagt, das ist, weil sie sonst nichts zu tun haben.

M'am ist sehr lieb. Niemals hört man ein lautes Wort von ihr. Sie beklagt sich noch nicht einmal über die viele Arbeit. Sie arbeitet. Sie findet immer einen Grund, jedem der Kleinen etwas Nettes zu sagen. Diese Frau hat die Freude im Leib, das schwör ich euch.

Eines Tages habe ich gefragt: »Warum bist du immer glücklich, M'am?«

»Weil mit dem Glücklichsein, mein Sohn, ist es wie mit der Gesundheit. Es ist da, wenn man nichts mehr fühlt.«

Heute räumt M'am Soumanas Schlafecke auf. Soumana ist so schwach, daß M'am sie wäscht, sie kämmt und sie hätschelt wie ein kleines Baby. Soumana will nicht, daß sie sie anfaßt. Ich sehe, wie ihre Augen vor Wut aus den Höhlen hervortreten. M'am nimmt ihre Kleider, um sie in den Waschsalon zu bringen. Soumana dreht sich weg. Der alte Groll, den sie hegt, läßt sie von Kopf bis Fuß beben. Sie sagt: »Faß meine Sachen nicht an! Noch bin ich nicht tot.«

»Aber ich will sie doch nur waschen, und ein wenig aufräumen... Schließlich ist hier drin 'ne ganz schöne Unordnung!«

»Rühr ja nichts an!« sagt sie nochmal mit funkelnden Augen. »Du bekommst alles. Alles. Aber hab zumindest soviel Anstand, zu warten, bis ich meine Augen geschlossen habe.«

»Bitte, Sou. Fang nicht wieder damit an.«

Die Bitterkeit verschlägt ihr die Stimme.
»Du haßt mich.«
»Nein, Sou. Ich liebe dich, als wärst du meine eigene Tochter.«
»Das glaube, wer will!«
»Sou, du weißt, daß ich niemals lüge. Ich flehe dich an, glaube mir, daß ich dich in diesem Moment nicht anlüge. Allah!«
»Du bekommst alles ... Hab Geduld«, sagt Soumana weiter.
M'am ist tief betrübt. Das hat ihr einen schweren Schlag versetzt. Sie hat ihre Schürze ausgezogen, und ich habe ihren Bauch gesehen.
»Meine Schwester« – es ist das erste Mal, daß ich sie Soumana so nennen höre ... M'am schluchzt beim Reden. Ihr Zahnstocher und ihr Kinn zittern im Takt. Sie hat Tränen in den Augen – »dieser Bauch hat niemals Kinder getragen. Jahrelang habe ich zum Himmel geschaut, nur zum Himmel geschaut, und ich habe gesagt: ›O Herr!‹ Eines Tages hat Gott an meine Tür geklopft. Und ich habe ihn nicht gleich erkannt. O Gott, es war eine Frau ... Du warst es ... Anfangs haben wir uns bemüht. Ich war die ältere, also mußte ich den ersten Schritt tun. Wenn es zu kalt war, um das Fenster aufzulassen, dann hast du mir einen Blick zugeworfen, der sagen wollte: ›Und? Machst du es endlich zu?‹ Wenn es Zeit war, ins Bett zu gehen und das Licht zu schwach war, zum Nähen, dann hast du dich nicht gerührt und gesagt: ›Mach es.‹ Ich habe mich gefügt. Du hast von allem das beste Stück genommen und immer zuerst zugegriffen. Den besten Stuhl. Das größte Stück Fleisch. Die hübscheste Tischdecke. Das schickste Haarband. Das schönste Kleid. Du hast mir alles nachgemacht, erinnerst du dich? Du hast gesprochen wie ich, bist gelaufen wie ich, du hast wie ich den Kopf zur Seite geneigt. Du hast mir mehr bedeutet als mein eigenes Leben: Du warst die Tochter, die ich nie hatte. Also habe ich dich gelassen ... Nimm, nimm, M'am braucht nichts. Aber dann hast du etwas anderes angerührt, etwas Furchtbares, nämlich meinen Mann ... Ja, den Mann meines Lebens. Das erste Mal, als er in dein Bett verschwunden ist, da war ich zu überrascht, um ver-

letzt zu sein. Dann wolltest du ihn haben, du wolltest ihn immer mehr und ihm war es recht. Ich konnte es nicht mehr ertragen ... Es gab nichts, was ich noch hätte hergeben können. Und da habe ich dich gehaßt. Aber nicht sehr lange, natürlich! Du hast Kinder bekommen – meine Kinder – und mir war das nicht möglich. Niemand kann den lieben Gott hassen! Ich bin Mutter, und das habe ich dir zu verdanken. Dafür kann ich dir nie dankbar genug sein.«

Soumana hat sie angeschaut. Es hat ein eigenartiges Funkeln in ihren Augen gegeben. Dann ist sie in schallendes Gelächter ausgebrochen.

*

Heute nacht ist die ganze Sippe der Schwarzen gekommen. Es war eine wahre Flut von Leuten, ungefähr fünfzig. Sie alle hatten sich grell geschminkt. Manche haben Erde am ganzen Körper. Sie haben Palmwein, Kolanüsse, rote Hühnchen, Mangos und Avocados mitgebracht. Soumana hat man auf eine Decke gesetzt. Wir haben uns alle hingesetzt: die Frauen und Kinder hinten, die Männer vorn. Zwischen Cérif, dem König der Marabuts, und meinem Papa hat es im Flüsterton ein Gespräch gegeben. Um acht Uhr abends haben wir dann gegessen: Maffé und Reis, die wir mit den Fingern zu uns genommen haben. Der wichtigste Teil dieser Zeremonie war der Kolanuß vorbehalten. Die Kola ist das Symbol der Eintracht, des Friedens und des Glücks bei meinem Volk. Auf sie sind unsere Reiche damals begründet worden. Sie ist gut. Der Anfang liegt weit, weit zurück. In meinem Dorf lebten die Leute in Harmonie miteinander und hatten großen Respekt vor Gott. Sie bauten Hirse, Maniok und Erdnüsse, die sehr gut wuchsen, und noch viele andere Sachen an. Und je nach Bedarf teilte jeder mit jedem. Eines Tages wollte der Chef eines Dorfes mehr als seine eigene Ernte haben. Er wollte mehr Boden, um mit den Weißen, die an den Ufern ansässig waren, Tauschhandel zu treiben. Er hat immer mehr Boden annektiert. Er hat die Zahl seiner Frauen erhöht, um die viele Arbeit bewältigen zu können. Aber bald hatten die anderen

Dorfbewohner nichts mehr zu essen, weil er alle anbaufähigen und fruchtbaren Böden unter Beschlag genommen hatte. Eines Morgens haben sie den Familienrat einberufen. Sie haben beschlossen den Ehrgeizling davonzujagen. Aber jener war nicht allein. Er hatte die Unterstützung der Weißen, und die hatten Gewehre. Da hat es Krieg gegeben. Viele Malinke sind gestorben. Es drohte eine Hungersnot. Die Vorratsspeicher waren leer, es gab nichts mehr zu essen. Manche sind aus den Dörfern geflohen. Andere wieder sind während ihrer Flucht von wilden Tieren gefressen worden. Das Volk drohte, ausgerottet zu werden. Der ambitiöse Chef bestellte weiter seine Felder. Er wurde reich. Eines Tages hat die Verrückte des Dorfes dem ehrgeizigen Mann eine Nuß vor die Tür seines Hauses geworfen. Sein ältester Sohn starb. Und jeden Tag kam sie und hat eine weitere Nuß vor seine Tür geworfen, und jeden Tag starb ein anderer aus seiner Familie. Bald darauf waren alle seine Kinder und seine Frauen gestorben, ohne daß er wußte wie und warum. Dann wurde seine eigene Gesundheit immer schlechter. Er besaß nichts mehr, kein Geld und keine Ehre. Er hat den Chef der Malinke zu sich gebeten und alle Dorfbewohner um sich herum versammeln lassen.

»Möchtest du glücklich leben, gesund, fröhlich, froh, ohne jegliches Übel, über das du dich beklagst, reich und ohne traurig zu sein? Dann halte dich an dieses Prinzip: Leg die Beichte ab, wie du es zum Zeitpunkt deines Todes tun würdest, handle streng nach dem Grundsatz der Gerechtigkeit, und gib allen Leuten das zurück, was ihnen verlorengegangen ist; leb im Schweiße deines Angesichts und nicht dem anderer; nur dazu benutze das Einkommen und das Hab und Gut, das du ordnungsgemäß erwirtschaftet haben wirst. Dann wirst du in Freude leben, wirst glücklich sein, und alles, was du anpackst, wird florieren. Ich habe Fehler gemacht, meine Brüder. Eure Tränen, eure Schmerzen haben mir nicht die Augen geöffnet. Nur die Nuß hat mir gezeigt, daß ich den Kern eines untrennbaren Ganzen auseinandergebrochen habe. Lebt wohl, meine Brüder, laßt die Nuß für immer und ewig das Symbol des Friedens, des Gehorsams und der Eintracht sein.«

Nach diesen Worten ist er gestorben. Niemand hat um ihn geweint. Er hat kein ehrenhaftes Begräbnis bekommen. Und mein Dorf hat den früheren Wohlstand wiedererlangt.
Diese Geschichte hat uns der Marabut Cérif erzählt, bevor er mit der Behandlung angefangen hat. Er hat Soumana ein Heilmittel zu trinken gegeben; dann hat er seine Finger in die Schale getaucht und Soumana mit ein paar Tropfen von dem Trank bespritzt, um sie zu segnen. Dann ist der Ball eröffnet worden. Kein richtiger Ball natürlich. Das ist nur so eine Redensart, um zu sagen, daß sie angefangen haben, um Soumana herumzutanzen und auf ihre Trommeln zu schlagen. Es war ein sehr schönes Fest. Eins, wie ich es in Belleville noch nie erlebt habe. Soumana hat das alles mit einer sehr betrübten Miene verfolgt. So als wäre sie schon nicht mehr da, als wäre sie irgendwo ganz allein. Die Schwarzen waren fröhlich und kreischten um die Wette. Monsieur Cérif hat gesagt, daß der Krach dem bösen Geist, der gekommen ist, um Soumanas Seele zu rauben, Angst einjage. Mit Hilfe des Palmweins hat der Tanz die ganze Nacht gedauert.
Die Schwarzen lieben Palmwein. Überall in Afrika. Wenn man es nicht schafft, sie zu etwas zu überreden, nachdem man schon alles mögliche probiert hat, dann braucht man nur etwas von Palmwein zu erzählen, von einem kleinen Fläschchen zum Beispiel, das man noch übrig hat. Oder, wenn man will, daß sie etwas sehr, sehr Wichtiges für einen machen, dann muß man nur etwas von einem gemütlichen Schwätzchen bei einem guten Glas Palmwein sagen.
Monsieur Cérif hat Gebete an unsere Götter gerichtet und ungeduldig auf eine Besserung gewartet. Aber mit Soumana war nichts mehr anzufangen, man mußte sie in Ruhe lassen. Monsieur Cérif hat gesagt, daß der Versuch gescheitert ist, da Soumana sich gegen Gott versündigt hat, was ihre Seele für eine Heilung ungeeignet macht. So saßen wir den Göttern der Malinke bis zum frühen Morgen gegenüber. Der ganze Haufen war sehr enttäuscht. Mit ein und derselben Handbewegung haben sie sich das Lächeln vom Gesicht und den Schweiß von

der Stirn gewischt. Zum Abschied haben sie noch ein paar aufmunternde Worte gesprochen und sind dann nach Hause gegangen.
Ich war vollkommen erschöpft und todmüde. Mein Bauch war vollgestopft mit Hühnchen, Erdnüssen und Palmwein, und ich hatte immer noch derart viele der Gesänge im Ohr, daß ich nicht mehr wußte, wo mir der Kopf stand.
Ich frage mich, was ihr wohl von all dem haltet.

*

Mademoiselle Garnier war wieder gesund. Lieber Gott, die ist vielleicht dürr! Sie sieht aus wie ein Brett. Die Schule hat wieder angefangen. Nur, daß Lolita sehr traurig ist. Sie wird schlecht in der Schule, und in der Pause redet sie mit niemandem. Sie bleibt ganz allein in einer Ecke. Es scheint, als ob alles sie verwirren und beunruhigen würde. Ich versuche, mich ein wenig um sie zu kümmern, aber ich getraue mich nicht so recht.
Aminata, ich schaffe es immer noch nicht, sie Mama zu nennen, hat Papa und mich abgeholt, damit wir sie anhören. Sie hat uns in eine Art Lokal mitgenommen, wo sie singt. Zunächst Lieder von Mireille Mathieu. Dann welche, die sie selbst erfindet. Wenn sie singt, hat sie eine Stimme, wie man es sonst nie erwarten würde. Zart und sehr hoch klingt sie, wie der Schrei eines verletzten Vogels. Aber das stört Aminata nicht. Die männlichen Gäste auch nicht. Und ich habe mich nach einer Weile auch daran gewöhnt. Am Ende hat es mir sogar gefallen. Es war gar nicht mal schlecht. Papa war völlig baff. Er konnte es kaum fassen.
»Es kommt mir komisch vor«, hat er mir gesagt. »Da fängt sie auf einmal an zu singen, einfach so.«
»Ein Empfehlungsschreiben mußt du ihr aber deswegen trotzdem nicht gleich aushändigen«, habe ich geantwortet.
»Stimmt, mein Sohn. Nein, aber wirklich! Das ist zu komisch. Es erinnert mich an einen Papagei. Jahrelang sitzt er da in seinem Käfig und sagt nichts. Und eines schönen Morgens, gerade

wenn du nicht willst, daß man weiß, daß du Dingsbums heißt, da singt er deinen Namen, und die Polizei schnappt dich.«

»Sag mal, Papa, glaubst du, daß sie Soumana böse ist, weil sie sie rausgeschmissen hat?«

»Bestimmt. Aber was bringt das? Aminata ist nicht gemein, und sie weiß, daß das Leben nicht immer eitel Sonnenschein ist.«

»Ja«, habe ich gesagt. »Ich habe sie gern, die Aminata.«

»Mmmm«, sagt er überrascht. »Ich frage mich, warum sie zurückgekommen ist.«

»Weil sie mich liebt.«

»Das auf jeden Fall...«

Daraufhin hat Aminata angefangen zu singen:

Ich bin Hure, das ist mein Name
ich bin Hure, das ist mein Name
als wäre Hure ein Name
wäre Hure ein Name
dann ist Arschloch der Name von einem Typ
und wenn ich zu ihm armes Arschloch sage
dann ist es sicher, daß er mir eine klebt...

Heute ist Lolita nach der Pause nicht zum Unterricht zurückgekommen.

Es regnet.

Sie ist im Schulhof in der Nähe des großen Pfostens geblieben und weint.

Es regnet immer noch.

Ich weiß nicht, was ich machen soll. Ich gehe nach draußen, lege meine Hand auf ihre Schulter und sage: »Weine nicht.«

Sie reißt sich los. Sie rennt weg. Ich laufe ihr hinterher. Draußen herrscht eine Affenkälte. Es dauert eine ganze Weile, bis ich bemerke, daß ich gar nichts auf dem Rücken habe. Der Schulhof ist leer.

Es regnet weiter.

Ich sehe wie die Regentropfen auf Lolitas Kopf prasseln. Sie rennt zur Sporthalle. Alle Lichter sind aus. Es dauert einen Mo-

ment, bis ich mich an die Dunkelheit gewöhnt habe. Sie setzt sich auf den Boden. Sie schaut mich an, aber es ist so, als würde sie mich gar nicht wahrnehmen. Sie sagt nichts.
»Hast du einen Hund, den nur du sehen kannst?« frage ich.
Sie antwortet nicht.
»Ich habe einen Hund. Er heißt Supermann. Wenn ich mal traurig bin, dann rufe ich ihn. Er springt mich an und gibt mir ganz viele Küsse, und dann bin ich nicht mehr traurig. Ich kann ihn rufen, dann liebkost er dich und du hast keinen Kummer mehr. Gar keinen mehr. Überhaupt keinen.«
Sie sagt immer noch nichts.
Also setze ich mich neben sie. Ich nehme ihre Hand. Ich warte, bis sie wieder da ist. Und ich sage: »Lolita!«
Da kommt sie wieder zu sich. Sie legt ihren Kopf auf ihre Schulter. Sie weint. Ich weiß nicht, was ich machen soll. Sie weint und ich weiß einfach nicht, was ich machen soll. Ich drehe ihr Gesicht zu mir und sage scheinbar streng: »Sieh mich an!« Aber so ganz klappt es nicht, denn schließlich ist Zärtlichkeit ja genau das Gegenteil von Strenge.
Sie senkt den Blick.
»Was ist denn los?« frage ich. »Warum weinst du denn?«
»Warum? Warum?« fragt sie zurück.
Dann schreit sie: »Warum müssen Erwachsene den Kindern immer so wehtun?«
»Weil es die Eltern sind«, sage ich. »Das gibt ihnen das Recht dazu.«
»Ich will keine Eltern mehr haben«, sagt sie. »Ich will keine mehr.«
Draußen regnet es immer noch.
Ich bin wie vor den Kopf gestoßen vor Ohnmacht... Außerdem bin ich beleidigt, weil mir nichts einfällt, was ich sagen könnte, um sie zu trösten.
Ich lege meine Hand auf ihre Schulter, und da sie nichts sagt, lege ich sie auf ihre Haare.
Draußen regnet es immer noch.
Ich drücke sie fest, ganz fest an mich, und mein Herz frohlockt

so sehr, daß ich kaum mehr atmen kann. Ich sage: »Hab keine Angst, liebste Lolita. Solange ich da bin, wird dir nichts passieren. Ich besitze ein paar Fetische, weißt du? Willst du auch welche?«
Sie hat mich mit ihren großen Augen angesehen. Und mir war, als würden mir Mond, Sterne und alle Himmelsgestirne gleichzeitig in die Augen blicken. Ich lege meinen Kopf auf ihre Schultern. Ich ziehe sie an mich ran, ganz eng an mich ran. Mein Herz ist voller Glück. Sie zupft an meinem Hemd. Es ist so schön, so wunderschön. Ich fühle, wie ich schwebe, schwebe wie ein Vogel. Vielleicht ist es das, was man Glück nennt?
»Ich liebe dich«, sagt Lolita.
»Du brauchst nicht mehr traurig zu sein«, antworte ich.
»Ich bin nicht mehr traurig. Überhaupt nicht mehr. Ganz und gar nicht.«
Sie preßt ihren Mund auf meinen Mund. Ihre Hände tasten sich zu meiner Hose runter, so, ja so, das ist schön, ich bekomme eine Gänsehaut.
»So ein Skandal! So ein Skandal!« hat jemand hinter mir gebrüllt.
Ich drehe mich um. Es ist die Schnüfflerin, sie ist Putzfrau in unserer Schule. Sie tratscht wie keine zweite, und jeder haßt sie. Ständig petzt sie irgend etwas bei der Direktorin, um sich einzuschleimen.
Sie stürzt auf mich zu und schubst mich zur Seite. Ich haue mir auf dem Betonboden die Nase auf. Sie greift sich Lolita: »Schämst du dich denn überhaupt nicht?« fragt sie. »In deinem Alter solche Sachen machen ...«
»Lassen Sie sie in Ruhe!« sag ich zu ihr.
»Halt's Maul, du dreckiger Neger«, brüllt sie.
Ich gebe ihr einen Tritt in die Beine. Aber sie schmeißt mich auf den Boden, und ich bin wehrlos.

Mein Papa hat vom Direktor unserer Schule eine Vorladung bekommen. Er ist wütend und schlägt immer wieder mit den Fäusten gegen die Wand. Klar, daß er Lust hat, irgendeinem eine reinzuhauen. Meine Schwestern sind ganz still. M'am ist zu alt. Soumana wird von Tag zu Tag kränker, also... Und Mademoiselle Esther, die seit gestern bei uns ist, ist nicht in der Verfassung. Ihr Bauch wird immer dicker.

»Wann ist es denn soweit?« fragen wir.

»In drei Monaten«, antwortet sie. Sie nimmt sich noch eine Traube.

Allah! Ich weiß, daß Mademoiselle Garnier mir hintenrum eine reingewürgt hat. Aber ich will das jetzt nicht beichten.

Der Vater ist geschniegelt wie kein zweiter. Ist verständlich. Der Direktor ist ja auch nicht irgend jemand.

Die Mutter von Lolita ist auch schon vor dem Büro des Direktors angekommen, nur daß sie Jeans und Turnschuhe trägt. Sie sitzt auf einem Stuhl. Sie hat mich ja bei sich zu Hause schon einmal gesehen. Wenn sie sich unbeobachtet fühlt, wirft sie mir komische Blicke zu, als wäre ich irgendein exotisches Tier. Mein Papa geht zum Haupteingang, kommt wieder zurück, fingert an seinem Hut herum, und schaut auf seine Uhr. Gerade dann, als ich es nicht erwartet habe, fragt Lolitas Mama ihn: »Sind Sie Monsieur Abdou?«

»Ja, Madame«, antwortet er.

»Ich bin die Mutter von Lolita, der Klassenkameradin Ihres Sohnes.«

Beide lächeln sich lange an. Ich weiß, daß es kein ehrliches Lächeln ist. Es ist nicht der Moment, um zu scherzen. Danach fällt ihnen nichts mehr ein, worüber sie noch reden könnten.

In diesem Moment kommt der Direktor aus seinem Büro und sagt: »Treten Sie ein... Treten Sie ein, und bitte setzen Sie sich doch.«

Unsere Eltern gehen ins Büro. Lolita und ich bleiben draußen. Zuerst sieht sie mich nicht an. Es ist, als wäre so eine Art Trennwand zwischen uns. Wie ein alter Vorhang oder so. Mein erster Gedanke war: Ich werde ihn herunterreißen. Dann sehe ich ihre hübschen Augen. Aber ich hatte keine Zeit dazu. Gerade hatte ich ein wenig meinen Arm in ihre Richtung bewegt, da blickt sie nach oben, sieht mich an, und sieht mich an... Dann sagt sie:

»Mamadou, meine Mama will mich auf eine andere Schule schicken.«
Ich ziehe meinen Arm zurück. Er fällt runter und hängt schlaff neben meinem Körper. Meine Arme können auf jeden Fall nichts mehr bewegen. Ich weiß nicht mehr, was ich machen soll. Ich stehe regungslos in der Mitte vom Flur, und tausend Sachen kommen mir in den Kopf. Wer hätte das gedacht! sage ich mir.
»Es ist wegen dem, was passiert ist. Mademoiselle war gestern bei uns zu Hause. Sie hat ihr alles erzählt.«
Ich hatte Tränen in den Augen. Lolita sieht mich mit ihren himmlischen Augen an. Sie wischt mir die Tränen vom Gesicht und sagt: »Hat deine Mutter gestern abend Zwiebelsuppe gekocht?«
»Ja, glaub schon. Wahrscheinlich hat sie gestern abend Zwiebelsuppe gekocht.«
Mehr konnte ich dazu nicht sagen. Dann hat sie mich am Kopf gestreichelt und mich fest an sich gedrückt. Sie riecht wie M'am.
Jemand hat gesagt: »O nein! Ihr werdet das nicht noch einmal machen!«
Es war Lolitas Mama. Ich kann in ihren Augen sehen, daß ich schuldig bin. Daß alles meine Schuld ist. Daß ich dafür verantwortlich bin, daß ich Lolita liebe, und sie mich liebt. Ich bin schuldig zu lieben. Es ist alles gesagt.
Mein Papa brüllt: »Ich werde dir zeigen, wie man sich benimmt, verdammter... verdammter...«
Ihm fehlen die Worte. Jetzt brauchte er Wörter in Form eines Rohrstocks, um weiterzureden, aber er hat keinen. Er stürzt sich auf mich.
»Beruhigen Sie sich, Monsieur!« schreit der Direktor.
»Beruhigen Sie sich!« sagt die Mama von Lolita, dieser falsche Fuffziger.
Endlich beruhigt er sich. Aber bloß wie eine Schlange, die nur darauf wartet, daß der Fuß nah genug ist, um dann zuzubeißen. Ich gehe kein Risiko ein. Ich entferne mich ein wenig. Sie

fangen an, sich zu unterhalten. Alle sind der Meinung, daß es der Verfall der Sitten ist, das Fernsehen und all die bösen Sachen, die man so zu sehen bekommt. Sie haben das ›negative Einflüsse‹ oder so genannt, ich habe das nicht so genau verstanden. Sie haben noch eine ganze Weile herumüberlegt. Am Ende sind sie zu dem Schluß gekommen, daß Kinder wirklich schwierig sind, undankbar und so…

*

Der Frühling ist ausgebrochen. Das Wetter ist gut. Ein bißchen frisch wie immer um Ostern herum. Alles ist schon recht grün in Paris. Es ist schön. Und gegen Abend gehen alle Einwanderer raus auf den Boulevard de Belleville. Manche setzen sich in Cafés. Sie unterhalten sich oder sie schweigen vor sich hin, wenn sie sich, außer vom Alltag, nichts zu erzählen haben. Sie schauen sich die hübschen Mädchen an, die vorbeilaufen. Einige machen abschätzige Bemerkungen über den hängenden Hintern oder den Gang einer Frau. Die Einwanderer reden immer nur über das eine; sie schwärmen davon. Da muß man Verständnis haben. Für sie ist es einfacher, davon zu reden, als es zu tun, da die meisten ihre Frauen in Afrika gelassen haben.
Mir geht es so schlecht wie noch nie: Lolita schaut mich nicht mehr an. Sie redet mit niemandem. In der Pause zwinkere ich ihr zu. Aber es scheint, als würden ihre Augen so ferngesteuert, daß sie mich nicht sehen. Es ist wie Folter. Durch Liebe. Und durch Abwesenheit. Vielleicht hat sie mich ja nie geliebt? Manchmal denke ich, daß Lolita mich nie geliebt hat, und dann frage ich mich, was sie wohl überhaupt an mir lieben könnte. Ich habe krauses Haar. Mein Haut ist sehr dunkel. Meine Nase hat nichts Besonderes. Meine Lippen auch nicht. Mein Körper ist der eines kleinen Jungen. Keine schönen Muskeln. Keine blondgelockten Haare. Nur mein Herz, das muß groß sein, denn das Blut darin ist voller Blumen.
Ich führe oft Selbstgespräche. Ich sage mir, daß sie die erste Weiße ist, die ich kenne, und daß ich mich erst einmal daran

gewöhnen muß. Was soll's! Mein Papa sagt, daß man sich an alles gewöhnt, an den Hunger, den Durst, an Gerüche und so. Es konnte nicht gleich alles wie geschmiert laufen! Da darf man sich nichts draus machen.
Nicht einmal ein Blick. Kein einziges Wort. Monsieur Ndongala sagt immer: »Nichts auf der Welt ist dazu da, daß sich die Völker entgegenkommen. Überall gibt es Kriege und die Leute bringen sich um.« Dennoch träume ich manchmal. Ich träume, daß Lolita mich auch liebt. Daß sie nichts vergessen hat. In Gedanken schreibe ich ihr dann. In meinem Kopf fange ich an: »Liebe Lolita«, mitten auf dem Schulhof oder beim Fernsehen, oder nachts beim Einschlafen. »Liebe, allerliebste Lolita«, und ich stelle mir vor, daß sie meine Briefe bekommt und antwortet: »Lieber Mamadou, folgendes geht in meinem Kopf herum...«
Nach dem Skandal habe ich mich nichts mehr getraut. Ich warte auf mein Schicksal, da es mich ja sowieso nichts angeht.

Als die Schule zu Ende war, bin ich ins Café von Monsieur Guillaume gegangen. Madame Saddock ist da, ich tue so, als hätte ich sie nicht gesehen. Ja, was denn! Kann die uns denn nicht endlich mal in Ruhe lassen? Monsieur Ndongala ist auch da. Er ist äußerst elegant gekleidet. Er hat eine schwarze Hose mit roten Hosenträgern an und trägt eine Fliege. Er unterhält sich mit meinem Onkel. Unterhalten ist vielleicht nicht das richtige Wort. Wenn ich sehe, wie er mit seinen Armen rumfuchtelt, könnte ich nicht sagen, ob er einfach nur rumbrüllt oder predigt. Nach einer Weile fährt er sich mit der Hand übers Gesicht, wie um sich den Schweiß abzuwischen. Seine Miene ist düster. Wenn jetzt eine Frau in der Nähe wäre, würde er sie wahrscheinlich verprügeln.
»Kannst du dir das vorstellen?« sagt Onkel Kouam. »Sie setzt mir mit einer Frau die Hörner auf!«
»Das zählt nicht«, sagt Monsieur Ndongala. »Bei den Frauen ist es eine Frage der Umstände. Es reicht schon, wenn im richtigen Moment ein Mann da ist und...«
Ich hole mir einen Stuhl.

»Meinst du wirklich? Möglich, gut möglich, daß du recht hast. Über das Bumsen konnte sie sich schließlich nicht beschweren.«

»Weißt du, mein Freund, bei den Frauen, da darf man nicht den Finger auf die Wunde legen. Mein Wort drauf!«

Ich setze mich.

»Wenn ich's dir doch sage, sie war ordentlich versorgt. Sieh mal, vor knapp zwei Monaten habe ich erst den ›Skin Force 3‹ bestellt. Damit, alter Schwede, spürt sie dich durch und durch, das kann ich dir sagen.«

»Und was ist das?« fragt Doktor Ndongala.

»Na ja, das ist ein Medikament, das ich unter den Anzeigen in irgendeiner Zeitschrift gefunden habe. ›Seien Sie so stark und mächtig wie mit zwanzig!‹ hieß es, und da war ein hübsches Mädchen mit unglaublichen Brüsten abgebildet, die einem erklärt hat, daß man seine ganze Kraft zurückbekommen und wieder hinter den Röcken hersein kann, obwohl man sich kurz zuvor noch schlapp gefühlt hat. Da habe ich mir überlegt, daß ich das mal ausprobieren könnte. Ich kann dir sagen, mein Lieber! Ein Pferd ist nichts dagegen! Du solltest es auch mal versuchen. Aber es ist wohl nicht an mir, einen Doktor zu beraten.«

Scheinbar ein bißchen geistesabwesend, pfriemelt Doktor Ndongala an seiner Fliege herum, wie um sicher zu sein, daß sie richtig sitzt. Er läßt sie nicht aus den Augen. Dann sagt Onkel Kouam: »Und, alter Bruder, bist du sicher, daß du es nicht mal probieren möchtest?«

Monsieur Ndongala fährt sich durch den Schnurrbart. Dann sagt er: »Ich bin zwar nicht besser ausgestattet als irgendein anderer, aber wenn es um das eine geht, da garantiere ich dir, daß ich dafür keine Medikamente oder irgendein anderes Zeug brauche. Ich hatte immer mehrere Frauen, was nicht bedeutet, daß ich sie nicht liebe. Ich liebe sie, jede auf ihre Art. Und ich danke Gott dafür, daß er mir zu verstehen gegeben hat, daß es sich bei Liebe nicht nur um Sex handelt. Es überrascht mich, daß du Mathilda, nach allem, was sie dir angetan hat, noch immer liebst. Hat sie dich verhext oder was?«

»Verhext nicht. Aber bestimmte Dinge tun mir leid.«
»Ach ja?«
»Ja. Ich habe ihr das Leben wirklich zur Hölle gemacht.«
»Womit denn?«
»Ich bin fremdgegangen.«
»Das macht doch jeder«, sagt Monsieur Ndongala. »Das ist doch kein Verbrechen.«
»In diesem Fall ist es eins, da ihre Eltern sie nach unserer Heirat nicht mehr sehen wollten.«
»Na ja, du kannst ihr ja Blumen kaufen und dich bei ihr entschuldigen...«
»Keine Blumen«, wirft Monsieur Guillaume ein. »Wenn du einer Frau Blumen kaufst, dann meint sie gleich, es gäbe etwas, was sie dir verzeihen müßte, glaubt meiner langen Erfahrung.«
»Sie will mich sowieso nicht mehr sehen«, sagt Onkel Kouam. »Es hat keinen Sinn!«
»Ich wette, sie empfindet noch was für dich.«
»Na ja...«
»Doch, doch«, sagt Monsieur Ndongala. »Die Frauen, das sind doch alles falsche Fuffziger, Ehrenwort.«
»Sie hat mir gedroht, daß sie mich abknallt, wenn ich mich ihr bis auf weniger als sechs Schritte nähere.«
»Quatsch!« sagt Monsieur Ndongala.
»Ich an deiner Stelle würde das nicht als Quatsch abtun«, sagt Monsieur Guillaume. »Du mußt nur Zeitung lesen, dann verstehst du, was ich meine.«
»Ach ja?« fragt Onkel Kouam.
Monsieur Guillaume seufzt, dann sagt er: »Gerade heute habe ich folgendes in der Zeitung gelesen: ›Ein Mann wurde tot im Wald von Fontainebleau aufgefunden. Von dem Täter fehlt bislang jegliche Spur.‹ Ich wette, den hat seine Ex umgebracht, der er das Leben vorher schwergemacht hatte.«
Mein Onkel runzelt die Stirn, dann sagt er: »Ich bin ein verdammter Dummkopf. Wenn ich alles nochmal machen könnte... Na ja, vorher habe ich es schließlich nicht gewußt... Jetzt weiß ich, daß...«

»Man muß in jedem Bereich seine Erfahrungen machen, mein Lieber«, sagt Monsieur Guillaume. »Sei froh, daß du aus den Enttäuschungen wenigstens eine Lehre gezogen hast.«
»Es tut mir wirklich leid, daß sie dich verlassen hat«, sagt Monsieur Ndongala. »Ich weiß, wie es dann um einen steht. O ja, da kann ich ein Lied von singen.«
»Wie geht's, Loukoum?« fragt Monsieur Ndongala, nachdem er sich ganz plötzlich zu mir umgedreht hat.
»Sehr gut, danke«, antworte ich artig.
»Und was macht die Schule?« fragt Onkel Kouam.
»Ganz gut.«
»Bist du schon lange hier?«
»Nein, Onkel Kouam«, sage ich.
»Dann ist's ja gut!« sagt er und wirft Monsieur Ndongala einen seltsamen Blick zu.
Also wirklich, Erwachsene sind schon komisch!

Zu Hause geht alles drunter und drüber. Soumana wird immer kränker, es geht ihr hundeelend, und M'am ist vollkommen überlastet, da sie sich ja um die Kinder, die Arbeit und alles andere allein kümmern muß. Sie wird zu einer echten Pariserin, weil sie jetzt weder zum Singen noch für andere Sachen Zeit hat und ständig dabei ist, irgend etwas hinterherzulaufen. Mein Papa tut so, als würde er es nicht sehen. Er geht nach wie vor aus, als ob nichts wäre. Manchmal helfe ich M'am. Manche Sachen darf ich aber nicht machen, weil ich ein Mann bin.
Onkel Kouam ist die ganze Zeit bei uns, er geht überhaupt nicht mehr raus. Seit Tante Mathilda ihn verlassen hat, scheint es, als wäre er an seinem Stuhl festgekettet. Am Anfang hat er geweint. Dann hat er überhaupt nichts mehr gesagt. Er ist bloß noch traurig, aber das sind wir ja gewohnt bei uns in der Familie, das ist wirklich nichts Neues. Morgens um sieben geht er ins Büro und kommt erst spät nachts wieder heim. Sogar das Café von Monsieur Guillaume ist ihm egal. Manchmal sitzt er in einer Ecke und führt Selbstgespräche.
»Was machst du denn da?« fragt M'am ihn eines Tages.

»Ich bin dabei, mir etwas zu überlegen«, antwortet er.
Aber er verrät nicht, worum es sich handelt.
Nach zwei Wochen nimmt er plötzlich ein Metermaß und mißt die ganze Wohnung ab.
»Wirst du mir endlich sagen, was du hier machst?« fragt ihn M'am.
»Ich eröffne ein Unternehmen für Biochemie.«
»Hier in Belleville?« fragt M'am verdutzt.
»In diesem gottverlassenen Nest?« sagt er und lacht dabei höhnisch. »Du kannst beruhigt sein, ich werde die Sache in Conakry steigen lassen. Dann geht es rund!«
»Ich glaube es einfach nicht, es gibt doch kein gottverlasseneres Nest als Conakry«, sagt M'am.
Ich hab keine Ahnung, wo Conakry liegt, deshalb halte ich meinen Mund. Außerdem fragt mich ja sowieso keiner nach meiner Meinung.
»Afrika ist in vollem Aufschwung«, sagt Onkel Kouam. »Und Conakry ist die Hauptstadt von Afrika.«
»Hast du deine Frau mal gefragt, was sie davon hält? Sie ist eine Weiße, und vielleicht hat sie keine Lust mit der Hitze, der hohen Luftfeuchtigkeit und den vielen Stechmücken, die es bei uns gibt, zu leben.«
»Ich habe keine Frau mehr«, hat mein Onkel gesagt.
Dann hat er wieder angefangen unsere Bude zu vermessen, aber sein Blick verriet ein inneres Durcheinander.

*

Ich habe Ferien. M'am kocht gerade. Mein Papa und Monsieur Cérif sitzen schweigend da, schauen sich an und kauen auf einer Kolanuß herum. Aminata ist auch da. Sie trällert irgendein Lied, während sie sich die Fingernägel feilt. Sie hat sich die Lippen so rot angemalt, daß es roter nicht mehr geht, und ihre Haare sind zerzaust, als würde sie gerade aus dem Bett kommen. Sie hat nichts an außer einer Art Spielhöschen, was nichts anderes als eine kleine Unterhose ist, die durch Hosenträger gehalten wird.

Eigentlich verdeckt die Unterhose ihre langen Beine überhaupt nicht. Wenn man sieht, wie prall ihr Höschen und ihr Teil auf dem Oberkörper sind, und wie das alles so schön braun, glatt und fest ist, da erinnert sie ein wenig an eine reife Mangofrucht.

Sie schaut nach oben und sagt zu mir: »Komm in meine Arme, mein Baby... Ich habe Lust...«, sagt sie.

Ich rühre mich nicht. Sie kommt und nimmt mich in die Arme. Sie berührt meine Haare. Sie nimmt mich auf ihren Schoß, was wirklich komisch ist, denn eigentlich bin ich ja schon zehn Jahre alt... Also stehe ich wieder auf. Doch sie besteht darauf. Es klingelt. Ich öffne die Tür. Es ist Onkel Kouam. Er schaut Aminata an, und ich höre wie er leise sagt: »Na, du heiliger Strohsack!« als würde er mit sich selbst reden. Genau in diesem Moment trifft sein Blick den meines Vaters, der so starr ist, daß seine Augen wie tot aussehen. Und er stöhnt: »Was für ein Unglück.«

Da sagt Aminata: »Das Wort Unglück darf man nicht in den Mund nehmen. Wenn es gerade schläft, dann soll man es nicht wecken.«

Jeder hat sie angesehen, als wäre sie ein Geist, der aus dem Grab zu ihnen spricht.

Niemand hat so recht verstanden, was sie meint. Sie sagt ja sowieso immer, was sie gerade will, auch wenn es nicht immer höflich ist. Manchmal, wenn er sich unbeobachtet fühlt, schaut mein Papa sie an.

Dann sagt er: »Es gibt bestimmte Verhaltensweisen, die ich in meinen vier Wänden nicht toleriere.«

Und dann geht es wieder los: »Meine Frau darf dies nicht machen, meine Frau darf jenes nicht machen... So etwas erlaube ich meiner Frau niemals...«

Aminata prustet und sagt mit einem breiten Grinsen im Gesicht: »Na, dann kannst du ja froh sein, daß ich nicht deine Frau bin.«

Jeder schaut sie wieder an, und es scheint, als würde sie alle Anwesenden mit Blitzen, Fluten und Erdbeben bedrohen.

»Entschuldigt bitte«, sagt sie noch immer prustend.

Dann hält sie sich die Hand vor den Mund. Sie senkt den Kopf.
M'am hat Fisch mit Reis gemacht. Jeder hat sich wie bei einem Picknick auf den Boden gesetzt. Dann haben wir mit den Fingern geschlemmt, denn ohne Gabel kommt der Geschmack besser raus. Die Frauen haben sich zu uns gesetzt. Es ist wegen des Unglücks. Es herrscht ein großes Durcheinander und niemand weiß mehr, wer wer ist.
Monsieur Cérif hat seinen Kopf zur Seite geneigt und angefangen, ein Tischgebet zu sprechen. Während er redet, hat Aminata den Arm ausgestreckt und sich einen großen Fischkopf genommen und dann angefangen zu essen. Das war nun wirklich keine Art, und alle haben sie ungläubig angeschaut. Dann hat jeder starr in die Ferne geblickt und so getan, als ob sie nicht da wäre. Ja, bei uns gesessen hat sie schon, und sehr laut gegessen auch, aber irgendwie war es, als wäre sie überhaupt nicht anwesend. Wenn sie sich so verhält, dann ist wirklich kein Platz für sie da. Meine Schwestern haben über Aminatas Teller gegriffen, um sich etwas zum essen zu nehmen, ganz als wäre sie nicht da. Sie nennen M'am »Mama«, aber Aminata nennen sie »Madame«. Der einzige, der sie ein wenig beachtet, das ist Onkel Kouam. Er sitzt ihr gegenüber und beobachtet sie aus den Augenwinkeln.
Nach dem Essen steht Aminata auf. Sie zündet sich eine Zigarette an. Sie zieht daran und sagt: »So, jetzt werde ich es euch sagen.«
»Was sagen?« fragt Onkel Kouam.
»Ich gehe weg von hier, und Loukoum nehme ich mit.«
Mit einem Ruck dreht mein Papa sich zu ihr um.
»Was erzählst du denn da?« fragt er.
»Loukoum wird für ein paar Tage bei mir wohnen. Ich hab einen Freund, der mir sein Landhaus überläßt. Nicht weit von Paris. Es liegt im Grünen, und es gibt Tiere dort. Für einen kleinen Jungen gibt es nichts, was wohltuender wäre.«
»Aber nur über meine Leiche.«
»Wie du willst«, sagt Aminata, ohne sich aufzuregen. »Aber es ist

wirklich dumm von dir. Alle unsere großen Männer wie Mitterrand, de Gaulle, Senghor, Alain Delon, Frank Sinatra und Martin Luther King sind auf einem Bauernhof aufgewachsen. Überleg doch mal, das ist doch ideal für ein Kind: die Hühner, Gänse und Enten füttern, die Kühe melken, reiten gehen...«

Da hält Aminata inne, räuspert sich kurz und sagt: »Wenn ich's recht bedenke, gibt es keine Pferde dort. Mein Freund Malim Hassey kann Pferde nicht ausstehen, noch nicht einmal auf Fotos. Esel dagegen, jede Menge. Ich frage dich, Abdou, kannst du dir einen gesünderen und wohltuenderen Ort für einen heranwachsenden Jungen vorstellen?«

Aminata hat Tränen in den Augen allein bei der Vorstellung, wie wohltuend es dort ist.

Der Vater sieht mich an, dann setzt er zum Aufstehen an, er schaut zur Kreatur und blickt fragend zu M'am.

»Er ist ja schließlich dein Sohn«, sagt er zu M'am.

»Stimmt«, antwortet sie. »Aber ich denke, ein Kind braucht seine Mutter, ich meine seine richtige Mutter. Und was das ›nur über deine Leiche‹ angeht, so könnte ich einen neuen Fußabtreter vor unserer Wohnungstür gerade wunderbar gebrauchen.«

»Wie bitte? Was sagst du da?«

Den anderen fällt vor Erstaunen die Kinnlade runter.

»Ich sage, daß du ein Egoist, ein armseliger Wicht bist und daß es Zeit wird, daß du einmal siehst, was um dich herum passiert.«

Der Vater stammelt: »Aber...«

»Es gibt kein Aber. Aminata kann den Jungen für ein paar Tage mitnehmen. Er wird mir zwar fehlen, aber lieber habe ich meinen Anteil am Unglück jetzt, dann kann ich für den Rest meiner Tage fröhlich sein.«

»Ihn mitnehmen? Bei dir tickt es wohl nicht richtig!«

»Heda! Einen Moment!« sagt Onkel Kouam.

»Du halt's Maul! Wenn du bei deiner Frau nicht den Obermakker hättest spielen wollen, dann hätte sie dich nicht für eine andere Frau verlassen.«

»Sie ist keine richtige Frau. Eine Frau, die sich einen Dreck darum schert, was andere davon halten...«

»Sie ist ihr eigener Herr, das ist alles«, sagt M'am.

Dann senkt er den Kopf.

Ich kann diesen Ton bei M'am so wenig fassen, daß ich sogar aufhöre, zu kauen.

»Also das, nein! Das ist zuviel! Entweder sie geht oder ich gehe«, sagt Monsieur Cérif und schlägt mit beiden Fäusten auf die Matte.

Um diese Entwicklung bin ich wirklich besorgt, denn dann ist niemand mehr da, um die bösen Geister von Soumana zu verscheuchen. Also frage ich meinen Onkel Kouam leise, damit Monsieur Cérif es nicht hört: »Glaubst du wirklich, daß er geht?«

»Ach was! Wie ich sehe, hast du mal wieder gar nichts kapiert, mein Kleiner. Er gehört zu der Art von Menschen, die es sich zur Aufgabe gemacht haben, überall Sünden aufzuspüren, sich dranzuheften und sie die ganze Zeit zu beobachten, damit sie dann immer diese Sünden für alles was passiert, verantwortlich machen können, ohne an noch andere Möglichkeiten denken zu müssen.«

»Hast recht«, sage ich.

»Mach dir keine Sorgen um Cérif. Er liebt das Geld viel zu sehr, und der Teufel schafft es bestimmt nicht, ihn dadurch zu verjagen, daß Schimpfwörter fallen und ein schwarzer Hintern vor seinen Augen hin und her tänzelt.«

Sie haben noch eine Weile rumdiskutiert, dann sind sie sich mit Aminata über den Ausflug zum Bauernhof einig geworden und haben mir erlaubt mitzugehen. Aber der Vater hat sie gewarnt, daß sie mich nie wieder zu Gesicht bekommt, falls sie sich nicht ordentlich benimmt oder sich auch nur die leisesten Schwierigkeiten einhandelt. M'am hat für mich gepackt. Onkel Kouam hat vorgeschlagen, uns dort hinzufahren, also hat er meine Tasche genommen. Mein Papa hat ihn wirklich komisch angeschaut und dann gesagt, er würde uns zum Auto bringen.

Aminata läuft vorne weg. Es ist witzig, wie ihr Hintern in der Spielhose hin und her hüpft. Wir gehen schweigend die

Treppe runter, bis auf Onkel Kouam, der ab und zu »du heiliger Strohsack!« sagt. Wie zu sich selbst. Ganz leise.
Und während wir runtergehen, frage ich meinen Papa: »Sie ist wirklich nett, meine Mama. Glaubst du, daß sie viel Geld verdient?«
»Bei ihrem Beruf würde es mich wundern, wenn sie keins hätte«, antwortet er. »Aber es ist gefährlich«, fügt er hinzu und sieht Onkel Kouam dabei tief in die Augen.
»Ist es ansteckend?« frage ich.
»Nicht der Beruf ist ansteckend, mein Sohn, aber die Krankheiten.«
Da bleibt er stehen, mustert Onkel Kouam in aller Ruhe und fügt hinzu: »Und ich glaube, daß du geistesgegenwärtig genug bist und keinen Unsinn machst.«
Daraufhin gibt er mir einen Kuß auf die Stirn und geht wieder hoch.
Ich schaue wieder nach vorn, und in dem Moment sehe ich Madame Saddock, die auf der gegenüberliegenden Straßenseite so tut, als würde sie die Autos zählen. Die ist aber wirklich hartnäckig! Ist doch wahr! Die Weißen wollen sich aber auch nie geschlagen geben. Das hat mein Papa gesagt. So eine Nervensäge!
Wir steigen ins Auto, und da, ganz plötzlich, kommt Madame Saddock auf uns zugerannt: »Loukoum! Loukoum!« schreit sie.
»Wer ist denn das?« fragt Aminata. »Kennst du die?«
»Ja ... Na ja«, sage ich.
Madame Saddock beugt sich mit ihrem großen Kopf zum Fenster runter und fragt: »Verreist du?«
»So ist es, Madame.«
»Ich fahre mit meinem Sohn in Urlaub«, sagt Aminata. »Wir fahren aufs Land. Es gibt nichts, was so wohltuend für einen kleinen Jungen ist. Ich bin sicher, daß er zurückkommt und vor Unternehmungslust nur so sprüht.«
»Ihr Sohn?« fragt Madame Saddock fassungslos.
»Ja klar, Madame«, sagt Aminata lachend. »Da ist doch nichts Besonderes dran.«

Madame Saddock grummelt irgend etwas in ihren Bart, aber niemand kann es verstehen, da mein Onkel den Wagen angelassen hat.
Wir sind losgefahren, aber kurz darauf sind wir in verschiedenen Staus steckengeblieben, und dann wußten wir nicht mehr, wo wir waren. Paris ist größer als irgendwas sonst. Es gibt so viele Straßen und so viele Autos. Und wenn man anfängt, in der Stadt herumzufahren, kann man sicher sein, daß man dort übernachten muß und dann verhungert, ohne daß es irgend jemand kümmert. Es hat nicht lang gedauert, da saßen wir in einer Straße fest, wo es jede Menge Geschäfte mit feinen Kleidern gab. Mein Onkel hat mal kurz laut geschrien, um einen Polizisten in dunkelblauer Uniform und mit einer Mütze unterm Arm zu sich zu rufen.
»Wie heißt denn diese Straße hier?« fragt mein Onkel.
»Das ist der Faubourg Saint Honoré, Monsieur«, antwortet der Polizist herablassend.
»Wie komme ich denn nach Montaban?«
»Puh«, sagt der Polizist, »das ist kompliziert. Warten Sie mal einen Moment.«
»Das ist immer dasselbe Problem mit diesen Käffern am Arsch der Welt«, sagt Onkel Kouam. »Wo man auch hin will, man ist schon verloren, ohne daß man sich fortbewegt hat. Am besten gehen wir wieder nach Hause, dann sehen wir wieder klar.«
»Genau«, sagt Aminata und hüpft vor Freude fast durch die Gegend. »Bring uns zurück nach Hause.«
»Nach Hause?« frage ich. »Fahren wir etwa nicht mehr zum Bauernhof deines Freundes Malim Hassey?«
»Spinnst du! Das habe ich doch nur gesagt, um diesem Idioten von Abdou das Maul zu stopfen.«
Traurig war ich schon, denn die Vorstellung, auf einem Bauernhof zu wohnen, hat mir sehr gut gefallen. Aber ich habe nichts gesagt. Es bringt nichts, mit Frauen zu diskutieren, wenn sie sich etwas in den Kopf gesetzt haben. Dann sind wir nach Montparnasse eingebogen. Onkel Kouam war in Gedanken. Irgend etwas hat ihm Kopfzerbrechen bereitet. Das konnte man sehen. Aber

es war wirklich lustig, da er nicht mehr damit aufhörte, »du heiliger Strohsack!« und was weiß ich noch alles zu murmeln. Es gab eine Situation, da wären wir fast einem Sechstonner reingefahren. Onkel Kouam hat gebremst. Der Lastwagenfahrer hat die Backen aufgeblasen und ist ganz rot geworden.

»Du Hurensohn!« hat er geschrien. »Wir sind hier doch nicht in Ouagadougou!«

»Wen interessiert's?« hat der Onkel gebrüllt.

»Was sagst du da?« hat ihn der andere gefragt.

»Daß du ein Idiot bist!«

Der Lastwagenfahrer hat seinen Wagen an die Seite gestellt. Hinter uns haben die Leute gehupt und Onkel Kouam als Vollidioten beschimpft. Mit einem noch roteren Kopf als vorher ist der Lastwagenfahrer angerannt gekommen und hat versucht, den anderen Autos auszuweichen. Vor uns war die Straße ein wenig freier geworden. Onkel Kouam hat gewartet, bis er bei uns war. Dann hat er einen Finger gehoben und »Tsss!« gemacht. Anschließend ist er abgezischt wie eine Rakete und hat die Kreuzung überquert, gerade noch bevor die Ampel auf Rot geschaltet hat. Danach sind wir in eine Straße eingebogen, und den Lastwagenfahrer haben wir nie wieder gesehen.

Aminata war im siebten Himmel. Sie hat gelacht und mir drei- oder viermal das Gesicht abgeschmatzt. Sie hat das Fenster runtergekurbelt, den Kopf rausgestreckt und allen Leuten auf dem Bürgersteig freudig zugelächelt.

»Die sind schon witzig, diese Weißen! Sie besitzen die Frechheit und wollen uns vormachen, daß es unsere eigene Schuld ist, wenn Afrika ein armer Kontinent ist. Praktisch, daß wir nicht clever genug sind, um etwas zu ändern. Die ganze Zeit schlafen und bumsen wir, und arbeiten tun wir nichts. Ich frage mich, wieso die drüben in Amerika so viele Schwarze gebraucht haben, wenn die so wenig arbeiten.«

»Mhm... Mhm...« macht mein Onkel.

Offensichtlich interessiert meinen Onkel Aminatas Geschichte nicht sonderlich. Also frage ich: »Ist deine Wohnung weit weg von hier?«

»Nicht besonders, wenn hier bloß nicht überall diese Staus wären.«
»Warum fahren wir denn nicht zu dem Bauernhof?«
Sie dreht sich um, sieht mich an, stößt einen Seufzer aus und schüttelt dabei leicht den Kopf.
»Vielleicht werde ich langsam alt, wenn ich jetzt schon richtigen Urlaub brauche. Man muß entweder jung, unternehmungslustig und risikobereit sein oder aber viel Geld haben. In Frankreich darf man nichts machen, ohne Knete zu haben.«
»Aber du hast doch Geld?« frage ich.
»Ach! Die schlechten Zeiten kommen schneller, als man denkt. Da muß man vorgesorgt haben.«
»Und wenn du heiraten würdest...« sagt Onkel Kouam.
Aber da hört er abrupt auf, weiterzureden, als hätte er gerade ein Stoppschild gesehen.

Aminatas Wohnung ist sehr groß, fast so groß wie die von Lolita. Sie hat weiße Holzmöbel, weil sie nicht so oft saubermachen will, hat sie mir erklärt, und bei der weißen Farbe sieht man den Staub nicht so. Außerdem hat sie ganz viele Tiere auf ihren Vorhängen, ihren Fenstern und sogar auf ihrer Tischdecke: »Es ist, damit ich mich immer an Afrika erinnere«, sagt sie schmunzelnd zu mir. Es sind Zebras, Löwen, Giraffen und Vögel, und wenn man ganz fest die Augen schließt, dann könnte man meinen, man wäre im tiefsten Urwald, auch wenn man sich doch eigentlich in der Rue Montmartre in Paris befindet. Und es sind auch Bilder Allahs da. »Es ist, damit er mir meine Sünden vergibt«, erklärt sie weiter. Ansonsten sind da Toiletten, und ein Wohnzimmer, wo sie Gäste empfängt, Leute, die ich nicht kenne und niemals öfter als einmal zu sehen bekomme.
Sie hat mir ein Zimmer gegeben. Es geht zu einem kleinen Garten mit einem Springbrunnen und Blumen hinaus. Es ist das erste Mal, daß ich ein Zimmer für mich allein habe.
»So hast du morgens Sonne«, sagt sie.
»Das ist toll«, sage ich. »Es gefällt mir gut.«
»Um so besser«, antwortet sie. »Ich glaube, daß...«

Aber sie beendet ihren Satz nicht. Es schellt. Sie rennt zur Tür. Ich gehe ihr nach.
Da ist ein Herr. Ein Herr, wie man ihn im Fernsehen zu sehen bekommt. Aber bei dem ist mir vom ersten Augenblick an klar, daß ich ihn nicht leiden kann. Ich mag es nicht, wie er sich gibt, ich mag seine Zähne nicht, und ich mag weder seine Augen noch die Art, wie er sich anzieht. Und außerdem stinkt er.
»Komm rein, komm rein«, sagt sie.
Aber das war überflüssig, denn er stand schon im Wohnzimmer. Er trägt einen Flanellanzug. Er starrt mich die ganze Zeit an.
»Wer ist denn das?« fragt er Aminata.
»Mein Sohn Mamadou.«
Der Herr zündet sich eine Zigarette an und hört nicht auf, uns anzustarren, als ob er etwas ausbrüten würde. Er ist weiß, aber ein bißchen dunkler als die übrigen Weißen, und er hat graue Augen, die unheimlich kalt scheinen, wenn er einen so anstarrt. Er hat schwarze gewellte Haare und einen von diesen Schnurrbärten, die aussehen, als wären sie mit einem Kugelschreiber gemalt worden. Er muß irgendeine Behinderung am linken Arm haben, weil er ihn etwas von seinem Körper weghält. Und wenn er seine Hand zum Mund führt, um eine Zigarette anzuzünden, dann öffnet sich seine Weste ein wenig, und ich sehe eine Lederschlinge um seine Brust. Sie soll wohl den Arm halten. Er starrt uns wieder an, dann fragt er: »Er wird doch wohl nicht hier wohnen?«
Aminata antwortet nicht. Und die Augen von Monsieur Mohammed ben Sallah sind kalt wie nie.
»Aminata, ich glaube, ich hatte dir gesagt, daß es überhaupt nicht in Frage kommt, ein Kind hier zu haben.«
»Schon gut, schon gut. Es ist ja nur für ein paar Tage.«
»Und wie soll das gehen? Wer wird sich um ihn kümmern?«
»Es wird schon irgendwie gehen.«
»Es wird schon irgendwie gehen«, wiederholt er mit einem bösen Blick. »Das ist wirklich ein guter Witz! Kindermädchen spielen... Ich bin dein Impresario, und ich bin es, der dir sagt, was gut für dich ist.«

»Der Junge bleibt da«, antwortet Aminata. »Nur ein paar Tage. Das ist doch nichts Besonderes! Ich komme schon zurecht.«

»Und das ist alles, was du dazu sagst! Ich komme schon zurecht... So bescheuert bin ich noch nicht, daß ich das schlucke. Wenn ich jemals...«

Dann greift er in seine Jackentasche, holt etwas heraus, und richtet es auf Aminata. Es ist eine Pistole. Plötzlich drückt meine Blase. Aber Pipimachen muß ich nicht. Ich bin außerstande, auch nur irgend etwas zu tun. Ich sehe nur noch seine Augen. Ein Ausdruck des Grauens. Ich betrachte seine Augen, dann die Tür. Es kommt mir vor, als wäre sie Tausende von Kilometern entfernt. Aminata macht sich wegen der Drohungen von Monsieur Mohammed keine Sorgen. Sie geht zur Hausbar. Sie macht sich ein Getränk, dann dreht sie sich um und fragt: »Willst du auch ein Gläschen?«

»Nein! Nicht bevor dieser Knirps von hier verschwindet.«

Monsieur Mohammed nimmt seine Pistole und richtet sie auf mich. Er dreht an der Sicherung, wie um sich zu vergewissern, daß es funktioniert. Ich lasse ihn nicht aus den Augen. Dann fährt er sich mit der Zunge über die Lippen.

»Jetzt ist's aber genug damit! Steck dein Spielzeug weg, sonst machst du dem Kleinen noch Angst.«

»Du machst, was ich sage, oder du bist tot!«

»Der Tote, das bist du, sieh dich doch mal an!« sagt sie mit einem breiten Grinsen.

Leicht verlegen steckt er die Pistole wieder ein und ich atme auf.

Aminata gibt allen etwas zu trinken. Ich darf eine Cola haben, mit viel Eis. Dann setzt sie sich hin, streckt ihre Beine aus und zündet sich eine Zigarette an. Monsieur Mohammed, rundum besänftigt, legt Musik auf und setzt sich dann auch hin. Er sieht mich an und sagt: »Schicke Wohnung, was?«

»Stimmt«, antworte ich.

»Ich habe sofort gewußt, daß diese Wohnung Aminata wahnsinnig gut tun würde. Das war genau das, was ich mir erhofft hatte, als ich beschlossen habe, mich um sie zu kümmern. Hier findet

sie die nötige Ruhe, die ihr Beruf erfordert. Du kannst dir nicht vorstellen, mein Kleiner, zu was für einem anstrengenden Leben die gesellschaftlichen Verpflichtungen ein junges Mädchen zwingen, das ins Showbusineß möchte. Nie mal eine freie Minute zum entspannen. Es ist hart, wenn man anfängt.«
Aminata nickt zustimmend.
»Das kannst du laut sagen, Mohammed!«
»Und mit der Umweltverschmutzung, die auf die Gesundheit schlägt... Also, ohne das hier wäre sie draufgegangen.«
Aminata leert ihr Glas und stellt es auf einen kleinen Tisch. Sie steht auf und geht in die Küche. Beim Laufen schwankt sie ein wenig. Ich bin besorgt. Sie wirkt abwesend. Ich habe das Gefühl, daß das Land hier sie krank macht oder so. Im Grunde habe ich Aminata sehr gern. Ich bin ihr nicht böse, daß sie mich damals allein gelassen hat. Das Leben hatte ihr ganz schön zugesetzt. Monsieur Mohammed erklärt mir die Probleme des Berufsdaseins. Die Arbeit verlangt eine ständige Verfügbarkeit aller Kräfte oder irgendso etwas, das ich nicht so genau verstanden habe. Dann steht er ganz plötzlich auf und geht in die Küche.
Da höre ich die Stimme von Aminata. Sie schreit: »Ich will, daß du mich für ein paar Tage in Ruhe läßt! Ich möchte mit meinem Sohn zusammensein. Wenn du willst, gebe ich dir sechzig Prozent der Einnahmen. Ist mir egal! Aber ich will meine Ruhe!«
»Beruhige dich, mein Engel. In diesem Metier, da reicht es, wenn man eine Weile nicht mehr richtig drin ist, und sei es nur für acht Tage, und schon verliert man den Überblick.«
»Ich habe nicht die Absicht aufzuhören... Ich werde mir meine Zeit einteilen, das ist alles!«
»Kommt gar nicht in Frage, sonst passiert ein Unglück!«
»Was immer du wünschst!«
Er ist zurück ins Wohnzimmer gekommen und hat mir einen tödlichen Blick zugeworfen. Dann hat er mir zum Abschied zugenickt und ist gegangen. Ich habe ihn nicht wiedergesehen.
Wir haben eine Flasche Champagner geöffnet, um das Ereignis zu feiern. Zum Champagner-Trinken hatte sie sich wieder unheimlich schick gemacht, aber die kleine Spielhose, die sie jetzt

anhat, sieht genauso aus wie die andere, nur daß sie gestreift ist wie eine Lutschstange. Sie hat gelbe Sandalen an, mit einem Riemen zwischen den Zehen, und ihre Fußnägel sind rotlakkiert. An ihrem Handgelenk trägt sie einen großen Armreif, und an ihrem Fußgelenk hat sie ein kleines Goldkettchen. Sie hat uns ein bißchen was eingeschenkt und Prost gesagt. Dann haben wir den Champagner ausgetrunken. Ich sitze neben ihr im Sessel und sehe wirklich recht gut aus.

»Was will dieser Typ denn von dir?« frage ich.

»Nichts, mein Schatz, mach dir keine Gedanken.«

»Wenn er dir irgend etwas antun sollte, dann schwöre ich, daß ich ihn umbringen werde.«

»Sag so etwas nicht, Loukoum! Außerdem, wenn ich genug Geld habe, dann gehen wir beide weit weg von hier. Dann gehen wir nach Kanada.«

»Was ist das, Kanada?«

»Kanada? Ich werde es dir erklären.« Sie zündet sich eine Zigarette an und streckt ihre Beine aus. »Das ist das größte Land der Welt, wo außer ein paar Indianern keine Menschenseele ist. Schon seit Jahren habe ich vor, nach Kanada zu gehen, aber bis jetzt hatte ich noch nie genug Geld dazu. Einmal, das war ganz am Anfang, da wollte ich nach Kanada fahren. Um nicht den Mut zu verlieren, bin ich, ohne groß zu überlegen, am frühen Morgen losgefahren. Aber je mehr ich darüber nachgedacht habe, desto mehr Schiß habe ich bekommen, und nach weniger als fünfzig Kilometern habe ich es mir anders überlegt und bin umgekehrt. Seit damals habe ich es nicht mehr versucht.«

Sie rollt das Glas zwischen ihren Händen hin und her, dann steht sie plötzlich auf und sagt: »Vielleicht...«

Sie geht in ihr Zimmer und bringt einen ganzen Haufen Unterlagen mit. Sie nimmt einen Bleistift, rechnet, radiert und rechnet nochmal.

»Nichts zu machen«, sagt sie. »Ohne Kleingeld kommt man nicht sehr weit. Und dann müßte ich wieder in Gott weiß was für einem Kaff arbeiten gehen. Diese Orte sind wirklich nicht gesund, das kannst du mir glauben.«

Dann nimmt sie eine Weltkarte und zeichnet eine waagerechte Linie darin ein. Sie macht weitere Berechnungen, aber es kommt das gleiche dabei raus: »Schon auf der Höhe von Buenos Aires oder Rio de Janeiro hätten wir kein Geld mehr. Es hat wirklich keinen Sinn. Wir würden es nie schaffen. Wir würden mitten im Amazonas steckenbleiben. Das einzige, was ich machen kann, ist, hart für diesen verdammten Mohammed zu arbeiten und zu warten, bis ich genug gespart habe... Gute Nacht, mein Schatz.«
Im Innern meines Herzens habe ich vor Freude »Hurra« geschrien, denn um ehrlich zu sein, wollte ich ohne Lolita nirgends hingehen. Also bin ich aufgestanden und zur Tür gegangen, dann habe ich mich zu ihr gedreht und gesagt: »Du mußt dir wegen Kanada nicht den Kopf zerbrechen, ich werde dich dort hinbringen.«

Aminatas Zimmer liegt auf der anderen Seite, die zur Straße hinausgeht, somit kann sie das, was sie zu verkaufen hat, ohne große Umstände anbieten. Aminata arbeitet lange und steht spät auf: Arbeit verpflichtet. Sie schläft in Bettüchern aus Seide, damit ihre Haut zart bleibt, da das ja ihre Einkommensgrundlage ist und es ansonsten nicht funktionieren würde. Ihr Bett ist sehr groß, da kann ich gut verstehen, daß sie es nur ungern verläßt.
»Ich hätte Lust, auf dem Mond zu leben«, sagt sie eines Tages zu mir.
»Ach ja?« frage ich.
»Findest du das blöd?«
»Nicht unbedingt. Es gibt so viel Beschissenes auf der Welt!«
»Ich sehe es in Gedanken schon vor mir«, sagt sie.
Ich kann mir zwar nicht vorstellen, wo sie so ein Haus sonst noch vor sich sehen könnte, wenn nicht in Gedanken, aber ich sage nichts.
Sie fährt fort: »Ich könnte die Sterne zu meinem Unterschlupf machen.«
»Ich sehe, du hast schon genaue Pläne«, sage ich.

»Ach, mein Sohn, du bist wirklich nicht dumm.«
»Woraus soll dein Haus denn bestehen?« frage ich.
»Aus Luft. Glaubst du, das geht?«
»Sie haben ja auch einen Tunnel unter dem Ärmelkanal gebaut.«
»Kommst du dann mit mir?« fragt sie.
»Ich denke drüber nach«, antworte ich.
Dann erklärt sie mir, daß Beton oder auch die Bretter, mit denen man auf der Erde baut, unhygienisch sind. Und daß Teer und dieses ganze Zeug Gift für die Lungen ist. Sie erklärt mir tausend Sachen. Vielleicht werde ich eines Tages Maurer, aber wenn ich's mir recht überlege, hab ich eigentlich doch keine große Lust dazu, weil das den Portugiesen vorbehalten ist, wegen der internationalen Arbeitsteilung.
»Und wenn es dann mal regnet, wie schützt du dich dann?« frage ich sie.
»Mit Steinen, die wir über uns plazieren.«
»Aber die fallen uns doch auf den Kopf!«
»Dort oben herrscht Schwerelosigkeit«, erwidert sie. »Alles schwebt dort, einfach so.«
Ich versteh das nicht, also wechsle ich das Thema, wie es sonst die Erwachsenen immer machen, wenn sie nicht wissen, was sie antworten sollen.
»Blumen hättest du dann aber keine«, sage ich ihr.
»Die kann ich dann vom Himmel aus betrachten«, entgegnet sie. »Die Bougainvilleen kann ich dann genau sehen.«
»Und die Rosen?«
»Auch die Rosen.«
»Und die Mimosen?«
»Die auch. Sogar die die Mandelbäume, die Tulpen, die Tiere, all das kann ich dann auf einen Blick sehen, ohne mich mit irgend jemand anderem darum streiten zu müssen.«
Kurzum, sie amüsiert sich wie ein Kind, das sie nicht mehr ist, und ich amüsiere mich auch.
Und was das Kochen anbelangt, da kann ich ganz klar sagen: Besser als M'am und Soumana zusammen! Sie geht auf den

Markt und holt frische Lebensmittel, damit ich nicht durch die Chemie vergiftet werde. Dann setzt sie sich in der Küche auf einen Hocker. Sie schält das Gemüse, schnipselt es klein und entfernt die Käfer aus der Hirse. Sie wirft alles zusammen in einen Topf, stellt es auf den Ofen und kocht es.

Seitdem ich bei ihr wohne, hat sie sich an einen regelmäßigen Tagesablauf gewöhnt. Mittags kreischt und klingelt sie nach mir, wo auch immer ich gerade bin, ob vor dem Fernseher oder in meinem Zimmer. Sie ruft: »Loukoum, das Essen ist fertig.« Ich muß mich dann nur noch an den Tisch setzen, wie ein richtiger Mann. Dann schlage ich mir den Bauch mit Hühnchen, Rind- und Lammfleisch voll. Es gibt auch Mangofrüchte, Guajaven und Stachel-Annonen, die sie bei dem Chinesen um die Ecke holt, der hauptsächlich an Schwarze verkauft, warum weiß ich auch nicht. Ich futtere für vier, trinke Fanta, und dann rülpse ich laut, um ihr eine Freude zu machen.

Anschließend sehen wir uns die Nachrichten an, die immer über das gleiche berichten, weil die Menschen es lieben, sich gegenseitig zu bekriegen. Manchmal habe ich Angst, weil sie aufgeschlitzte Bäuche oder Kinder, denen der Kopf abgeschlagen wurde, und all sowas zeigen. Was ich mag, ist, wenn es um Verleumdungsklagen geht, denn dann reden die Schwarzen die ganze Zeit darüber, und dabei vergißt jeder für ein paar Tage, daß er nur gefälschte Papiere hat. Aber was mir am allerbesten gefällt, das ist die schöne Zeit, die ich mit Aminata verbringe. Es stimmt schon: Wenn ich glücklich bin, dann fühle ich überhaupt nichts mehr. Manchmal gehen wir ins Café, wo es Pistazieneis gibt. Aber eigentlich gibt es nichts Besseres als Erdbeereis. Früher habe ich gern Mokkaeis gegessen. Aber seitdem ich weiß, was sie für die Rohstoffe bezahlen, die sie billig aus Afrika importieren, esse ich nichts mehr von diesem Zeug. Solidarität verpflichtet. Solidarität beim Kampf eines Volkes um Eigenständigkeit, wie Monsieur Ndongala immer sagt.

Dann geht Aminata wieder arbeiten. Doch vorher macht sie mir noch ein gutes Essen und stellt es in den Kühlschrank, und an-

schließend ist großes Aufstylen angesagt. Sie zieht eine Lederhose an, Stiefel, die ihr bis zu den Oberschenkeln gehen, und einen Rollkragenpullover, der ihre Brüste zur Geltung bringt, weil sie das erste sind, wo ein Kunde hinschaut. Sie ist die ganze Nacht unterwegs und kommt erst am Morgen nach Hause, mit roten Augen, schlechtem Atem, und schrecklich aussehend, als hätte sie die Nacht mit den Clochards von Belleville verbracht.
Manchmal kommt Onkel Kouam uns besuchen. Es scheint, als hätte er den Verstand verloren. Er sagt die ganze Zeit: »Du heiliger Strohsack!« Heute ist mein Onkel zum Essen gekommen. Danach fängt Aminata an zu singen. Das Lied heißt: »Wo bleiben die Männer von heute?« Während sie singt, sieht sie meinen Onkel an und blinkert mit den Augen, nur für ihn. Er reckt sich dabei wie ein Kater, dem man gerade den Bauch krault, und schnurrt wie eine vollgefressene Miezekatze. Und dann sieht er sie an, als würde er sie gleich mit Haut und Haaren auffressen, sogar ohne sie vorher zu kochen. Und dabei denkt er gar nicht erst daran, sie vorher fein zu würzen, wie es sich bei richtigen Gourmets gehört. Ich kann ihn verstehen, denn Aminatas Kleid ist schön wie ein verglühender Stern und leuchtet in der Sonne so wunderbar gelb und rot. Auch ihre Haut glänzt wunderschön, und ihre Zähne sehen aus, als würden sie gleich ein Stück Schokolade oder irgend etwas anderes Süßes vernaschen. Von mir nehmen sie beide überhaupt keine Notiz mehr. Sie sind derart vertieft in ihre gegenseitigen Zärtlichkeitsbekundungen, daß sie gar nicht mehr auf mich achten. Ich lasse mit Absicht ein Glas auf den Boden fallen, aber sie schimpfen noch nicht einmal. Sie sehen sich an, und sie lächeln wie zwei Schwachsinnige, wie ich sie vor ein paar Tagen im Bus gesehen habe. Natürlich sind sie nicht schwachsinnig, ich will damit nur sagen, daß sie wirklich sehr, sehr froh sind, sich gegenseitig anzusehen. Nun, schließlich singt sie ja auch nicht für mich, sondern für ihr eigenes Vergnügen, für ihren Spaß unter Erwachsenen. Ich sehe Aminata auch an. Sie ist wirklich schön, und ihr Kleid ebenfalls. Wenn sie nicht meine leibliche Mutter wäre, dann könnte ich

mir gut vorstellen, daß … Na ja, es ist nun mal so, wie es ist, und daran kann ich nichts ändern, aber auch überhaupt nichts! Dann zieht sich mein Herz zusammen: Warum? Mein Onkel hat ihre Hand genommen, und sie sind ins Zimmer verschwunden.

Ich bin zum Telefon gegangen und habe Lolitas Nummer gewählt. Ich kannte sie auswendig, denn ich hatte sie in der Schule aus Mademoiselle Garniers Heft stibitzt.

»Hallo, Lolita«, habe ich gesagt, weil ich sofort ihre Stimme erkannt habe.

»Wer ist da?«

»Mamadou.«

»Ah«, sagt sie.

Dann haben wir einen Moment lang geschwiegen.

»Geht's dir gut?« habe ich gefragt, um etwas zu sagen.

»Nein, Mamadou. Ich ziehe heute von Belleville weg. Meine Mama hat gesagt, daß das hier kein Ort für mich ist.«

»Nein, Lolita«, sage ich. »Du bleibst bei mir. Wir hauen ab.«

»Und wie sollen wir das machen?«

»Wir werden heiraten.«

»Wir haben doch gar kein Geld, Loukoum.«

»Ich werde schon Arbeit finden.«

»Du hast doch keinen Beruf«, sagt sie, »und du bist noch ein kleiner Junge.«

»Ich bin ein Mann«, entgegne ich. »Und …«

Ich kann den Satz nicht beenden, denn sie unterbricht mich.

»Da kommt meine Mutter, Mamadou. Ich muß auflegen. Ich werde dir schreiben.«

Dann legt sie auf.

Ich zittere von Kopf bis Fuß. Ich laß mich auf das Sofa fallen. Tränen laufen mir die Wangen herunter. Ich weiß nicht mehr, was ich denken soll. Da berührt mich jemand sanft an der Schulter und sagt: »Loukoum, Loukoum«, ganz sanft. Es ist Aminata. Sie streichelt mir über den Kopf, dann fragt sie: »Warum weinst du denn, mein Sohn?«

Ich antworte nicht.

»Bist du nicht glücklich mit mir?«

»Natürlich bin ich das«, sage ich.
»Soll ich etwas für dich singen? Ein Schlaflied?«
Ich antworte nicht.
Dann hat sie angefangen in der Sprache der Malinke zu singen. Ich verstehe kein Wort von dem, was sie singt, aber es wirkt sehr beruhigend, so beruhigend, daß ich Lust bekomme, zu schlafen.
»Wovon handelt es?« frage ich sie.
»Es ist die Geschichte einer Frau, die ihr Kind verloren hat, und sich nun auf seine Suche begibt.«
»So wie du?« frage ich.
»Wenn man so will«, antwortet sie.
Ich sehe sie an, und es kommt mir vor, als wäre es Lolita, die vor mir steht und ganz allein für mich singt.

Mein Papa hat Aminata erlaubt, mich noch eine Woche länger dazubehalten. Aminata ist sehr froh. Und ich auch. Onkel Kouam ist jeden Tag bei uns. Überall, wo sie hin geht, geht auch er hin. Man könnte meinen ein Hund, der ihr die ganze Zeit nachhechelt. Abends schlafen sie im gleichen Bett, und ich höre Geräusche, so ein bißchen wie Zähneknirschen, und ich frage mich, was sie wohl tun, daß sie sich die Zähne so kaputtmachen. Und das bis zum frühen Morgen, ich schwör's!
»Als Onkel Kouam das erste Mal bei uns übernachtet hat, da hat Aminata mich beim Frühstück gefragt: ›Hast du ihn gern, deinen Onkel Kouam?‹«
»Wie jeden anderen auch«, habe ich geantwortet.
»Hm, hm«, hat sie gemacht.
Dann hat sie mich ganz merkwürdig angeguckt: »Hättest du ihn gern als Papa?«
»Ich hab schon einen Papa«, habe ich geantwortet. »Um das mit ihm zu machen, was du mit ihm machen willst, brauchst du ja nicht meine Erlaubnis.«
»Was glaubst du denn, was ich mit ihm mache?«
Ich habe nicht geantwortet, aber das hat mich nicht daran gehindert, zu denken, daß sie von mir aus mit der ganzen Welt schlafen kann, daß mir das vollkommen Wurst ist.

Am dritten Tag habe ich sie gefragt: »Würdest du gern noch ein Kind bekommen?«
Während ich auf die Antwort gewartet habe, hat mein Herz ganz laut geklopft. Sie hat gelacht und geantwortet: »Ich glaube, bei mir gibt es da keine Chance.«
»Aber wenn man miteinander schläft, dann wird man schwanger«, sage ich zu ihr.
»Ja, aber ich nehme doch die Pille.«
»Liebst du ihn wirklich, den Onkel Kouam?«
»Für eine Schwarze ist das Wort Liebe bedeutungslos.«
»Ach ja?« frage ich neugierig.
»Ja. Eine schwarze Frau sucht sich den Mann, der ihr am wenigsten Leid zufügt, und damit hat sich's.«
»Schläfst du gern mit ihm?« frage ich weiter.
»Loukoum! In deinem Alter solltest du nicht solche Fragen stellen.«
Ich habe mich nicht getraut ihr zu sagen, daß ich schon so viel davon verstand, daß meine Jugend eigentlich schon vorbei war.
Also nehme ich einen Bleistift und male eine Frau. Sie sieht aus wie der Mond und in ihrem Bauch arbeitet ein kleines Männchen. Während ich male, summt Aminata eine Melodie. Das Lied ist schrecklich traurig. Plötzlich hört sie auf zu singen und sieht mich ganz aufgeregt an: »Ich muß gehen«, sagt sie, als sie auf die Uhr schaut. »Die Arbeit wartet.«
Sie steht auf, nimmt ihre Tasche und fragt mich: »Brauchst du Geld?«
Ich antworte nicht. Ich schaue nach unten und male weiter.
»Du bist ein wunderbarer Junge, weißt du das? Dein Bild ist toll.«
»Pff, das ist doch einfach, wenn man nichts zu tun hat.«
»Langweilst du dich? Ich dachte, es würde dir gefallen.«
»Natürlich, Mama.« Es ist das erste Mal, daß ich sie Mama nenne, und es kommt mir ein bißchen komisch vor. »Aber ich muß ja bald zurück in die Schule.«
Sie sieht mich an. Sie streichelt mir über den Kopf. Es ist nett,

und schade. Ich muß an Papa denken, und an M'am und Soumana, und trotzdem finde ich es schade.

*

Ich bin wieder zu Hause. Soumana ist nicht mehr da. Niemand spricht darüber. Kein Wort. Wie ausradiert. Ich getraue mich nicht, zu fragen. Meine Schwester Fatima hat nachts Alpträume. Sie brüllt. Sie weckt das ganze Haus auf. Sie sagt, daß sie ihre Mama gerade im Himmel gesehen hat, mit einer Lichtkugel als Kopf. Sie weint. Mein Papa nimmt sie in den Arm und tröstet sie. Papa hat sich sehr verändert. Er hilft M'am jetzt mit den Kindern und auch in der Küche. Es sieht aus, als hätte er in zwei Wochen einen Sprung von etlichen Jahren gemacht. Es ist, als hätte sich irgend etwas auf dieser Welt ereignet, was dafür gesorgt hat, daß er nicht mehr derselbe ist. Er spricht voller Respekt mit M'am, und manchmal streichelt er sie und gibt ihr Küßchen auf den Hals. Ich habe ihn noch nie so etwas machen sehen. Oft sagt er nette Dinge zu ihr, aber M'am scheint nicht recht daran zu glauben. Dann fängt sie an zu lachen und weicht etwas zurück.

Mademoiselle Esther kommt uns oft besuchen. Vorneweg ihre Kugel. In der Mitte ihr Körper. Und hinten ihr Rucksack. Schwer atmend fällt sie in den Sessel meines Vaters. Ihr Hügel guckt Fernsehen. Sie zieht ihre Schuhe aus. Sie streckt ihre Beine aus. M'am bietet ihr Kekse, Rosinen, Beignets, Brei und Fisch mit Reis an. Herablassend lehnt sie alles ab.

»Möchtest du etwas anderes? Was soll ich dir machen?« fragt M'am.

»Ich will Erdbeeren.«

M'am geht Erdbeeren kaufen. Mademoiselle Esther will keine mehr. Jetzt will sie Schokolade. M'am holt Schokolade, ohne zu murren. Mein Papa seufzt. Um des Babys willen läßt er ihr alle Launen durchgehen.

Heute ist Mademoiselle Esther wirklich nervtötend. M'am hat ihr Sojabohnen gemacht, schön pikant, genau wie sie sie mag.

Aber sie hat das Essen nicht angerührt, ohne einen Ton zu sagen. Einen Moment lang hat sie sich nicht bewegt. Sie hat an die Decke gestarrt. Ihre Kugel ist hoch und runter gegangen, hoch und wieder runter, und die Hände hat sie über ihrem Bauch verschränkt. Dann hat sie angefangen zu weinen, und mein Papa hat besorgt gefragt: »Geht es dir nicht gut?«
Sie hat den Kopf geschüttelt.
»Das Baby?«
»Du haßt mich, nicht wahr?« hat sie gefragt.
»Ich hasse dich nicht«, hat mein Papa geantwortet.
»Warum faßt du dann meinen Bauch nie an? Niemand mag schwangere Frauen«, hat sie gejammert. »Ich kann es ja sehen. Auf der Straße, in den Geschäften, überall. Ständig starren mich Passanten an. Es ist schrecklich!«
»Das bildest du dir ein«, sagt mein Papa. »Jeder hier mag dich.«
»Und Kaba? Er war so nett zu mir! Und jetzt schaut er mich nicht mal mehr an.«
»Das ist nicht so wichtig«, hat mein Papa gesagt.
»Und ob das wichtig ist!«
Sie hat angefangen lauter zu weinen. M'am ist schnell und ohne ein Wort zu sagen durch die Küche zu ihr gegangen. Sie hat Mademoiselle Esther in die Arme genommen, hat ihre Haare gestreichelt, dann hat sie meinen Vater wütend gefragt: »Was hast du der armen Kleinen denn jetzt schon wieder angetan?«
»Gar nichts. Sie sagt, daß niemand sie mag.«
»Und du hast sie selbstverständlich darin bestärkt?«
»Ich habe ihr gesagt, daß das nicht stimmt.«
»Ach du, ich kenne dich doch! Verdammter Trottel.«
»Ich …«
»Sei still. Nach allem was du getan hast.«
»Ich? Aber ich habe doch überhaupt nichts gemacht!«
M'am hat ihn angesehen. Ihr Blick war hart, sehr hart, und ihre Augen waren groß vor Ärger. Es schien, als würde mein Papa jetzt seinen alten Gefühlen freien Lauf lassen. Dann hat sie Mademoiselle Esther auf die Stirn geküßt.

»Ich bin so unglücklich«, hat Mademoiselle Esther mit leidender Stimme gesagt.
M'am hat sie noch fester gedrückt.
»Mach dir keine Sorgen, Kleine. M'am wird sich um alles kümmern. Dieser Typ bringt nichts als Ärger. Ich habe keine Ahnung, warum ich ihn nicht verlassen habe.«
Papa hat seine Finger fest gegeneinander gepreßt, aber er hat nichts dazu gesagt.

Seitdem Lolita weg ist, ist es in der Schule nicht mehr das gleiche. Sicher, Pierre Pelletier ist lieb und geduldig wie kein zweiter auf dieser Welt. Manchmal bringt er mir etwas bei, wie zum Beispiel, daß die ersten Menschen vor gut fünftausend Jahren gelebt haben, und dann spricht er von Homo sapiens oder irgend so etwas, das ich nicht so genau verstanden habe. Er verbessert auch mein Französisch, damit ich nicht Straßenkehrer werde, auch wenn man diesen Beruf dringend braucht, weil es sonst überall in Frankreich stinken würde. Er sagt, daß man die Wörter immer deutlich aussprechen muß und daß ein Satz immer Subjekt, Prädikat und Objekt braucht.
»Das ist doch alles nicht wichtig«, sage ich ihm.
»O doch!« sagt er. »Wenn du deine Ausdrucksweise nicht änderst, dann wird dich nie jemand ernst nehmen.«
»Aber das einzige, was ich will im Leben, ist, daß ich glücklich bin«, entgegne ich.
»Du fühlst dich dann trotzdem besser«, sagt er.
Ohne Lolita gibt es nichts, was dafür sorgen könnte, daß ich mich besser fühle. Ich spüre das im ganzen Körper, in meinem Blut, in meiner Seele, aber ich sag es niemandem. Später korrigiert mich Pierre Pelletier dann jedesmal, wenn ich auf meine Art rede. Er sagt: damit ich ein Gentleman werde. Danach habe ich das Gefühl, daß mein Kopf leer ist, daß ich überhaupt nichts mehr weiß. Ich bin vollkommen durcheinander.
Er hat mir massenhaft Bücher zum Lesen gegeben. Er sagt, daß ich es auf diese Art schaffen werde. Allah! Es ist wirklich schwierig! Ich lese aber gern. Und eines Tages, als ich gerade so

am Lesen bin, da erscheint plötzlich Madame Saddock, von der ich schon die Ehre hatte, sprechen zu dürfen. Sie ist angezogen wie eine feine weiße Dame, mit einem Faltenrock, einer weißen Bluse und den entsprechenden weißen Schuhen. Sie kommt an und fragt sofort nach Soumana.

»Sie ist nach Afrika zurückgegangen«, sagt M'am.

Madame Saddock scheint ihr nicht zu glauben. Sie runzelt die Stirn und sagt: »Das ist aber eigenartig... In ihrem Brief...«

»Welchem Brief?« fragt M'am.

»Ja, welcher Brief?« fragt mein Papa.

»Ein Brief eben.«

»Ja, aber was stand in diesem Brief?« fragt M'am.

»Das muß ich Ihnen nicht sagen. Aber komisch ist es schon.«

»Wenn Sie nichts sagen wollen, heißt das, daß es gar keinen Brief gibt.«

»Wollen Sie damit etwa sagen, daß ich lüge?«

»Das habe ich nicht gesagt. Aber es ist so, daß...«

»Ich kenne Sie!« sagt Madame Saddock. »Sie haben sie mißhandelt!«

»Aber...«

»Und Sie haben sie umgebracht!«

»Sie sind verrückt! Verlassen Sie sofort meine Wohnung.«

Madame Saddock kichert gehässig, dann sagt sie: »Schon gut, schon gut... Ich gehe ja schon... Aber Sie werden bald von mir hören.«

*

O Gott! Die Polizei hat meinen Papa abgeholt. Es ging alles ganz plötzlich. Und es sieht aus, als wisse er gar nicht, wie ihm geschieht. Sie haben ihm Handschellen angelegt und ihn mitgenommen. M'am hat sich nicht gerührt. Sie hat ihre Fäuste ganz fest geballt. Sie sieht verzweifelt aus. Aber sie gibt keinen Ton von sich. Erst als alles wieder ruhig war, da ist sie zusammengebrochen. Sie weint und weint und weint. Das Leben kennt kein Erbarmen. Dann beruhigt sie sich und sagt: »Sogar im Grab läßt sie mich nicht los.«

Dann sind Journalisten gekommen. Sie haben uns zusammengestellt, die Kleinen vorn und M'am hinter uns.
»Bitte lächeln… Na auf, ein kleines Lächeln bitte!« hat der Fotograf gesagt.
Aber niemand wollte lächeln. Sie haben trotzdem Fotos gemacht. Dann sind sie gegangen. Und heute ist in der Zeitung ein großes Foto von uns. Alexis hat es mir gezeigt.
Und darunter steht:

> *Einwandererfamilie macht falsche Angaben über die Anzahl ihrer Kinder und kassiert unrechtmäßig Tausende Francs Kindergeld.*

»Jetzt seid ihr berühmt!« sagt Alexis lachend.
Darauf hätte ich verzichten können. Mir ist irgendwie ganz melancholisch zumute. Ich weiß nicht, was ich habe, aber ich fühle mich nicht wohl. Ich sitze vor dem Fernseher, aber ich höre und sehe nichts. Es ist fast so, als hätte ich zuviele Dinge vor den Augen, die mir die Sicht versperren. Ich spiele gelangweilt mit der Fernbedienung und schalte von einem Programm ins andere. Also habe ich angefangen zu schreiben, um die Zeit totzuschlagen. Ich schreibe ein echtes Buch. Über mein Leben, und ich sage mir, daß es eines Tages verfilmt wird.

Sie halten meinen Papa immer noch fest. Monsieur Ndongala und die ganze Sippe besuchen uns. Monsieur Ndongala sagt, daß sie meinen Papa nicht mehr dabehalten dürfen, da sie keine Beweise haben. Aber Onkel Kouam sagt, es handelt sich um eine Sache unter Schwarzen, und da kann man nie wissen, was passiert, denn so etwas interessiert die Weißen nicht sonderlich. Wenn es die Todesstrafe noch gäbe, dann hätten sie ihn hingerichtet, und Schluß.
Ich weiß nicht, wo mir der Kopf steht. Ich verstehe nicht, was mein Papa Böses gemacht haben soll, also…
Madame Saddock hat uns besucht. Sie hat versucht, M'am 'ne Menge Sachen zu erklären. Daß sie es nur zu ihrem Besten getan

hat. Daß mein Vater ein Schwein ist. Daß er keine Frau auf der Welt verdient hat... Aber M'am hat nichts hören wollen und hat sie sofort vor die Tür gesetzt. Das war wirklich lustig.

Zu Hause gibt es nicht mehr viel zu essen. Es ist kein Geld mehr da, weil mein Papa immer wieder vorgeladen wird, damit sie ihn besser ausquetschen können. Ich mache Armbänder, verkaufe sie und gebe M'am das Geld.

»Behalte dein Geld«, sagt sie zu mir. »Du brauchst es bestimmt für etwas anderes.«

Ich bestehe darauf. Sie akzeptiert unter der Bedingung, daß sie sich an der Arbeit beteiligen darf. Anfangs hilft sie mir ein bißchen. Später kommt sie auf den Geschmack und leitet das Unternehmen. Sie läßt jede Menge Schlangenleder aus Afrika kommen. Eines Tages sagt sie: »Wir könnten auch Ringe machen.«

Und dann machen wir Ringe. Wir verdienen Geld, und M'am ist wirklich glücklich. Außerdem hatte sie die geniale Idee, einen Weißen anzustellen, der andere Weiße übers Ohr haut. Was Besseres gibt es meiner Meinung nach nicht. Der Weiße ist groß und hat einen Schnurrbart. Er ist jung und hat keine Achtung vor schwarzen Frauen, weil er in der Rue Saint-Denis, für hundert Franc die Runde, schon jede Menge von ihnen gehabt hat. Er sagt immer: »Es gibt nichts Schöneres als den Arsch einer Schwarzen! Es gibt nichts Schöneres als den Arsch einer Schwarzen!« Eines Tages hat er es vor M'am wiederholt. Sie hat ihn angeschaut, dann hat sie gesagt: »Geh dir erst mal ordentlich deinen Hintern abputzen!« Da war er vollkommen platt, und ich bin fast gestorben vor Lachen.

Ich bin der Mann im Haus. Ich bin es, der sich nach der Arbeit in den Sessel von meinem Papa setzt. Das ist ein tolles Gefühl. M'am bringt Tee. Sie setzt sich neben mich und erzählt mir Geschichten. Sie erzählt von Papa, von ihrer Hochzeit, von meinen Schwestern, von mir. Ganz normale Sachen, aus dem Alltag. Ich habe schon soviel Übung darin, mit Schnürsenkeln Schmuck zu machen, daß ich ein wenig herumexperimentiere und verschiedene Farben zusammenstelle, um zu sehen, wie es aussieht.

Draußen geht das Leben weiter. Es ist angenehm, bis auf die Sache mit Lolita, weshalb ich nicht schlafen kann.

Heute ist Mademoiselle Esther zu Besuch gekommen. Ihr Kind ist mittlerweile auf der Welt. Sie hat zwar etwas mehr Bauch als früher, aber sie ist immer noch sehr hübsch. Sie hat ihren kleinen Sohn mitgebracht. Er heißt Abdou junior. Und da haben sich die Dinge mit M'am zugespitzt.

»Ein wirklicher Schatz«, sagt Mademoiselle Esther und hält ihn M'am direkt vor die Nase. »Im Krankenhaus waren alle ganz verrückt nach ihm.«

Ohne hinzuschauen schält M'am weiter ihre Erdnüsse.

»Du hättest nicht zufällig Lust, ihn zu adoptieren?«

M'am antwortet nicht. Auch wenn Mademoiselle Esther gar nicht dagewesen wäre, M'ams Reaktion hätte nicht unbeteiligter ausfallen können, und das in einem solchen Maße, daß ich jetzt verstehe, was M'am meint, wenn sie sagt: »Wenn man traurig ist, dann sind es die Augen.« Ihre Augen waren scharf wie Klingen.

»Ich schenke dir ein Kind, und du antwortest mir noch nicht einmal. Warum?«

Da hat M'am die Erdnüsse auf die Tischdecke geworfen. Allein diese Geste hat schon einiges ausgesagt. Vergangenheit und Gegenwart waren darin enthalten. Sie stößt einen langen Seufzer aus, und schaut auf Mademoiselle Esther und Abdou junior.

»Ein Kind mehr oder weniger, was kann dir das schon ausmachen?«

M'am nimmt ihre Zöpfe und steckt sie hoch.

»Du antwortest nicht, weil du eifersüchtig bist«, sagt Mademoiselle Esther. »Er sieht aus wie Abdou. Man sieht, daß es sein Fleisch und Blut ist!«

»Du bist diejenige, die eifersüchtig ist«, entgegnet M'am. »Ich habe dich niemals darum gebeten, für mich Kinder zu produzieren. Ich will ihn nicht!«

»Warum nicht?«

»Weil ich von Abdous Mätressen und seinen ewigen Dummhei-

ten die Nase voll habe. Ich brauche kein Kind, hab ich mich klar ausgedrückt?«
»Aber du magst doch Loukoum! Und soviel ich weiß, ist der auch nicht dein Sohn!«
»Du sagst es. Ich bin es leid, die Kinder anderer Leute großzuziehen. Mit Loukoum ist das nicht dasselbe. Das Schicksal hat ihn mir anvertraut, und damit basta.«
»Abdou junior wird dich auch lieben, weißt du?«
»Und wie willst du dieses Wunder bewerkstelligen?« fragt M'am sie.
»Ich werde ihn so erziehen, daß er Achtung vor Männern und Frauen hat.«
»Träum' mal schön weiter«, sagt M'am.
Mademoiselle Esther sieht sie an. Sie traut ihren Ohren nicht. Sie hat Tränen in den Augen und ihre Stimme zittert: »Also, bis ein andermal dann.«
»Ich hoffe nicht«, sagt M'am.
»Ich danke dir für alles«, sagt Mademoiselle Esther.
»Nichts zu danken«, antwortet M'am.
Dann ist sie gegangen.
M'am war völlig fertig. Ihre Augen waren auch feucht. Als Mademoiselle Esther draußen war, hat sie gesagt: »Lieber Gott, an welchem Ort kann ich mich nur von den Leiden erholen?«
Ich hatte keine Ahnung.
Dann hat sie ausgespuckt.

Sie haben meinen Papa wieder freigelassen. Seine Stelle bei der Müllabfuhr hat er verloren. Er sagt, daß es nicht schlimm ist, daß er uns sowieso lieber beim Schmuckherstellen hilft. Das sei angenehmer.
Monsieur Kaba hat ihn gefragt, ob es ihn nicht störe, daß seine Frau die Befehle gibt.
»Warum sollte mich das stören?« hat er gesagt. »Es scheint ihr Spaß zu machen. Sie beherrscht ihr Handwerk, und sie ist eine nette Vorgesetzte. Ich lerne das Geschäft sehr schnell.«
Es hat mich schon gefuchst, daß er seinen Sessel wieder in Be-

schlag genommen hat. Es war wie ein Schock. Aber na ja, er ist so lieb, und außerdem ist er ja mein Papa. Er ist wirklich nicht mehr derselbe. Wenn wir Vollmond haben, dann bleibt er nachdenklich am Fenster stehen und betrachtet den kleinen Mann im Mond. Ich weiß nicht, was in seinem Kopf vorgeht. M'am interessiert das nicht. Es scheint, als wäre sie es, die ihn nicht mehr wahrnimmt. Er macht alles. Er hilft ihr sonntags beim Kochen. Dann geht er mit ihr im Garten spazieren. M'am zieht sich nicht mehr genauso an. Sie trägt jetzt Hosen, blaue, gelbe oder rote, mit den jeweils dazu passenden Sandalen. Sie wirkt jünger und sorgloser. Mein Papa dagegen, als wäre er auf der Suche nach irgend etwas. Es sieht so aus, als würde er draußen in der Natur alles durchkämmen. Neulich hat er eine Pflanze mit nach Hause gebracht. Er pflegt sie, gibt ihr Wasser, als ob es ein Baby wäre. Er hat M'am sogar Blumen mitgebracht. Monsieur Guillaume sagt, daß er in der Frau Gott sucht. Er kauft ihr jede Menge Schmuck und läßt keine Gelegenheit aus, ihr Komplimente zu machen, so als fände er sie sehr schön. M'am hört nicht hin. Für sie ist es, als ob ein Frosch mit ihr sprechen würde, also hört sie nichts. Manchmal fängt sie an zu lachen und redet plötzlich von etwas anderem. Zum Beispiel, daß es sehr heiß ist und daß sie gern schwimmen lernen oder tanzen gehen würde. Dann macht mein Papa sich Sorgen. Ich habe gehört, wie er zu Monsieur Guillaume gesagt hat, daß er nicht mehr weiter weiß. Daß er sie wirklich liebt. Und Monsieur Guillaume hat ihm gesagt, daß es immer noch das Beste ist, wenn er mit ihr redet. Mein Papa hat gesagt: »Genau! Ich werde sie bitten, mich ein zweites Mal zu heiraten«, und jeder fand diese Idee gut.

Ich habe mich nicht weiter darum gekümmert, denn ich habe so viele Gedanken im Kopf, die mir keine Ruhe lassen. Ich frage mich: Warum tut Liebe weh? Warum ist die Erde rund? Warum gibt es Sterne? Warum gibt es das Lachen, die Sorgen und die Freuden? Warum gibt es Rassen? Wozu sind diese ganzen Unterschiede gut, die einem nur Schmerzen und Kopfzerbrechen bereiten? Ich stelle fest, daß die Schule mir viel beigebracht hat, ohne mir auf die wichtigsten Fragen Antworten zu geben. Ich muß wohl noch so einiges lernen.

Ich denke an Lolita. Ich bin traurig. Ich habe Liebeskummer. Besonders, wenn ich ein Mädchen sehe, das so aussieht wie sie. Ich erinnere mich an ihre Haare, an den Regen draußen, an diesen peitschenden Regen, an ihre Finger, die so zärtlich zu mir waren, an die Liebkosungen. Ich erinnere mich an alles. Und alles ist wieder ganz nah. Manchmal möchte ich an nichts mehr denken. Ich will, daß sie aus meinen Gedanken verschwindet. Daß sie mir eine Verschnaufpause gönnt. Ich bin erschöpft. Ich möchte, daß alles wieder so wird wie früher. Wie vor diesem Tag. Ich muß mich zusammenreißen, also arbeite ich. Ich lebe in meiner Arbeit. Ich schreibe ständig. Aber ich bin mit meinem Schicksal sehr zufrieden. Wenn Lolita mir schreiben würde, dann wäre ich im siebenten Himmel. Wenn sie mir aber nicht schreibt, dann begnüge ich mich eben damit, daß es mit meinen Eltern, mit den Schwarzen von Belleville und mit der Schule gut läuft. Lenk dich inzwischen ein wenig ab, sage ich mir. Genau das muß ich vom Leben noch lernen: die Leere ausfüllen.

Während ich so in Gedanken bin, bekomme ich einen Brief von Lolita. Das Leben ist schon seltsam! Ich öffne den Umschlag. Dann mache ich ihn wieder zu. Meine Hände zittern.

In der Nacht kann ich nicht einschlafen. Wieder und wieder erzähle ich mir die Geschichte mit Lolita. Ich krame sie aus meinem Kopf. Ich verliere mich in meiner Erzählung. Von vorn anfangen! Mit dem Ende anfangen und mit dem Anfang aufhören. Ja, unsere Geschichte beginnt mit diesem Brief. Ich habe ihn nicht gelesen. Ich getraue mich nicht. Vielleicht schreibt sie ja, daß sie mich nicht mehr liebt. Daß sie mich nicht mehr ausstehen kann.

Auf meinem Bett liegend starre ich an die Decke. Ich lausche den Geräuschen der Nacht und denke dabei an Lolita. Jugendliche sind vorbeigelaufen. Sie haben laut gelacht. Ich höre Geräusche, die aus der Schlafecke kommen. Mein Papa sagt, daß er

nicht schlafen kann. Daß es heiß ist. Daß er schmelzen wird wie ein Stückchen Zucker in der Sonne.
M'am steht auf und öffnet das Fenster. Mein Papa sagt: »Sieh dir den Mond an, Liebste. Siehst du den kleinen Mann?«
»Ja«, sagt M'am. »Ich glaube, er wurde bestraft und muß jetzt dort arbeiten, damit Gott ihm seine Verbrechen an den Frauen vergibt.«
»Ich habe dir sehr wehgetan, hab ich recht?«
»Nicht mir, Abdou. Dir selbst.«
»Ich weiß. Alles, was man macht, wendet sich eines Tages gegen einen selbst. Aber heute weiß ich, daß du Schutz brauchst.«
»Das hast du gemerkt?«
»O ja! Du bist wie ein Blatt an einem Baum. Manchmal hat man das Gefühl, daß dich der kleinste Windstoß gleich wegbläst. Als du ganz jung warst, da war es noch schlimmer!«
»Und trotzdem hat es dich nicht davon abgehalten...«
»Laß uns nicht mehr davon sprechen, ja?«
»Wie du meinst.«
»Es gibt eine Sache, die ich wirklich sehr gern hätte.«
»Was, Abdou?«
»Ich möchte, daß du noch einmal meine Frau wirst, wenn ich in deinem Herzen noch nicht alles kaputtgemacht habe.«
»Ich fühle nichts mehr, Abdou. Ich bin wie tot.«
»Gib mir wenigstens noch eine Chance.«
Er hält einen Moment inne, dann sagt er: »Soumanas Tod hat mich über viele Dinge nachdenken lassen.«
»Um so besser«, sagt M'am.
»Ja. Ich habe in Gedanken den Tod von anderen Leuten gesehen, verstehst du? Und das Gefängnis hat diese neue Lebensauffassung nur verstärkt.«
»Verstehe.«
»Ich weiß jetzt das Glück, eine Frau wie dich, und auch unsere Kinder, zu haben, ganz anders zu schätzen. Ich liebe sie, ich liebe euch.«
»Wenn du uns liebst, dann wird auch dich jeder lieben, ganz wie du es verdienst. Das ist ein Grundsatz im Leben.«

»Du hast recht. Aber sag mir, Frau, wirst du mir das ganze Leid, das ich dir zugefügt habe, eines Tages verzeihen können?« Da habe ich M'am weinen hören.

Ich steige aus dem Bett, den Brief von Lolita in der Hand. Mein ganzer Körper ist angespannt, genau wie mein Geist. Und ich sehe viele Gesichter. Alle Gesichter, denen ich im Leben begegnet bin. Ich höre nichts mehr. So, als ob mich eine Glaswand von ihnen trennen würde. Ich kommuniziere nicht mehr. Die Verbindung ist unterbrochen. Die Welt ist nicht mehr da. Ich öffne Lolitas Brief.

Lieber Mamadou,
vielleicht glaubst du, daß ich tot bin. Aber ich lebe, und ich denke an dich. Ich weiß nicht, ob ich dir jeden Tag schreiben kann, weil wir hier stark überwacht werden. Jeden Tag bekomme ich Besuch von einem Arzt. Angeblich wird mich das, was zwischen uns geschehen ist, noch eine ganze Weile beschäftigen, und ich werde nachts Alpträume haben.
Aber nachts, wenn ich schlafe, dann sehe ich dich. Du nimmst meine Hand, und du nimmst mich mit in ein Land, weit weg von hier, wo es viel Sonne, viele Bäume, wo es Wälder aus Flieder und Bougainvilleen, und Clowns, die einem Zauberkunststücke zeigen, gibt. Wie dem auch sei, meine Träume erzähle ich niemandem. Nicht einmal meiner Mama, die sich Sorgen wegen meiner Gesundheit macht, weil ich nicht mit ihr reden will. Niemand weiß etwas davon, und niemand wird jemals etwas davon erfahren. Sie sagen, daß ich psychisch krank bin. Ich weiß, daß du da bist, und außer mir sieht dich keiner... Vielleicht sehe ich dein Gesicht erst in hundert Jahren wieder, aber ich bin sicher, daß ich dich früher oder später wiedersehen werde.

Deine dich liebende Lolita

Mein Gott! Als ich Lolitas Brief zu Ende gelesen hatte, da ist mir irgendwie ganz heiß geworden. Alles dreht sich bei mir. Ich

kann nicht ruhig stehenbleiben. Ich strecke meine Arme in den Himmel. Danke, lieber Gott, daß du mir Lolita gegeben hast. Dann setze ich mich in eine Ecke, ziehe die Knie an und lege meinen Kopf darauf. Ich weine. Ich stelle mir Lolita vor, wie sie allein in ihrem Bett liegt. Sie ist aus den gleichen Gründen auch noch wach. Ich weine weiter. Die Tränen laufen mir runter. Lieber Gott! Ja, wir heiraten! Wir kriegen Kinder! Ich werde ihnen Zimmer einrichten mit Elefanten, Nilpferden, Vögeln und Blumen... Es wird Sonnenuntergänge geben wie auf den Heiligenbildern. Mit einer großen Öffnung, die einen in den Himmel emporzieht...
Einen Moment lang habe ich an Soumana gedacht; niemand spricht von ihr, und doch ist sie da, in jedem Gegenstand, in jedem Windstoß, der durch die Wohnung weht. Ach Gott, es passieren schon komische Sachen bei den Schwarzen...

Heute ist der vierzehnte Juli. Die Franzosen haben ihre Revolution gemacht. Die ganze Sippe hat beschlossen, im Bois de Boulogne zum Picknick zu gehen. Es ist ein Feiertag. Also treffen sich die Schwarzen, um ihr eigenes Fest zu feiern. In dem Wäldchen sieht die Rinde der Bäume aus wie die Haut eines alten Elefanten, der in der Hitze der Erinnerungen tanzt. Eine erdrükkende Hitze. Schreiende Kinder. Frauen, die aus den Augenwinkeln auf ihre Kinder aufpassen, während sie das Essen auf Pappteller verteilen.
Aminata und mein Onkel kommen an. Sie hat ihre Backen aufgeblasen. Er verschlingt sie mit seinen Blicken. Mein Onkel ist glücklich, das sehe ich an seinen Augen.
Aminata umarmt alle überschwenglich. Sie sagt: »Kouam und ich werden heiraten.«
M'am schaut nach oben. Sie betrachtet das eng umschlungene Paar eingehend und fragt: »Und dein Impresario?«
»Pah, den hab ich sitzenlassen.«
»Mhm«, macht M'am.
Mein Papa schaut geistesabwesend über die Bäume. Er scheint nachzudenken und fragt: »Habt ihr keine Angst vor Repressa-

lien? Mit den Zuhältern, da weiß man nie, am Ende findet man dich noch auf dem Grund der Seine.«

»Ist nicht schlimm«, sagt Aminata. »Ich sehe im Leben keinen Sinn, wenn es nur da sein soll, um unglücklich zu sein.«

»Ich weiß zwar nicht, wieviele Männer du gekannt hast«, sagt M'am, »aber ich finde, du ziehst dich ganz ordentlich aus der Affäre.«

»Ja. Das Leben wird manchmal sogar des Unglücks überdrüssig«, antwortet Aminata.

Ihr regungsloser Blick wendet sich zu mir. Ich schließe die Augen. Ich öffne sie wieder. Ich schaue zum Himmel. Ich denke, daß, wo auch immer sie ist, Lolita diesen Teil des Himmels mit mir teilt. Dieser Gedanke erfüllt mich mit Glück. Ich lächle.

»Was gibt es denn da so zu lachen?«, fragt M'am im Spaß.

Ich antworte nicht. Sie kann das nicht verstehen. Sie alle können das nicht verstehen. Sie sind ja auch nicht in mein Geheimnis eingeweiht. Sie sind zu alt. Und trotzdem sind sie so glücklich...

Ja, die Wege des Glücks sind schon ganz schön kompliziert.

* * *